Klarant Verlag

Die gebürtige Ostfriesin ***Sina Jorritsma*** aus der Krummhörn studierte in Hamburg Germanistik und Philosophie, bevor sie wieder in ihre Heimat zurückkehrte. Sie veröffentlicht unter Pseudonym, weil sie ihre Umgebung genau beobachtet und Ereignisse aus ihrem Leben in ihre Geschichten einfließen. Das Romaneschreiben ist ihr kleines Geheimnis, das nur wenige Menschen kennen. Bei einer großen Kanne Ostfriesentee mit Sahne und Kluntjes kann sie halbe Nächte durchschreiben, tagsüber hält sie sich mit Joggen fit. Sina Jorritsma lebt mit ihrer Familie in einem kleinen Ort bei Emden.

Sina Jorritsma

Juister Siegel

Ostfrieslandkrimi

Klarant Verlag

Klarant Verlag, www.klarant.de – www.ostfrieslandkrimi.de
ISBN: 978-3-96586-976-9
1. Auflage 2024
Umschlagabbildung: Klarant Verlag

Printed in the EU.

Kapitel 1

»In meiner Pension wurde eingebrochen!«

Kommissarin Antje Fedder von der Polizei Juist erkannte die Stimme der Anruferin sofort. Die blonde Polizistin war ein echtes Inselkind, sie hatte den größten Teil ihres Lebens auf dem »Töwerland« verbracht. Daher kannte sie auch die meisten ständigen Einwohner des beliebten Ferienziels. Und bei der Frau am anderen Ende der Telefonleitung handelte es sich zweifellos um Marieke Kreyenborg. Die rüstige Siebzigjährige betrieb eine kleine Frühstückspension in der Billstraße.

»Roland und ich kommen so schnell wie möglich zu dir«, versicherte die Polizistin. »Bitte lass alles so, wie es ist, damit keine Spuren verwischt werden.«

»Ja … selbstverständlich«, entgegnete die Pensionswirtin und beendete das Telefonat. Sie hörte sich erschüttert an, worüber Antje nicht verwundert war. Viele Menschen reagierten so, wenn sie zum ersten Mal in ihrem Leben Opfer einer Straftat wurden. Und soweit die Kommissarin wusste, hatte Marieke Kreyenborg es noch nie zuvor mit einem Verbrechen zu tun bekommen. Wie ein Schauspieler, der auf sein Stichwort gewartet hat, betrat in diesem Moment Kommissar Roland Witte die Wache in der Carl-Stegmann-Straße.

»Du kommst wie gerufen, es gab einen Einbruch in der *Pension Kreyenborg*. Wir fahren gleich mal hin. - Ist dein Cousin gut untergebracht?«

»Ja, ich habe Oliver von der Fähre abgeholt und direkt zum *Hotel Norwegischer Hof* gebracht. Mit seiner Last-Minute-Buchung hat alles geklappt. Er wollte gleich mit mir losziehen, aber ich konnte ihm klarmachen, dass ich heute arbeiten muss.«

»Abends ist ja immer noch genug Zeit, dass du ihn mir vorstellst«, erwiderte Antje, während sie ihre Mütze vom Kleiderhaken nahm und aufsetzte. Nachdem sie die Anrufumleitung vom Festnetz auf ihr Smartphone aktiviert hatte, verließ sie zusammen mit Roland die kleine Polizeistation.

»Mal sehen, was sich ergibt«, murmelte er ausweichend.

Sie horchte auf. Ihr Kollege – der privat außerdem ihr Freund war – hatte normalerweise keine Probleme mit zwischenmenschlichen Kontakten. Er ging auf Andere zu und konnte leicht eine Verbindung zu ihnen herstellen, jedenfalls einfacher als sie selbst mit ihrer zurückhaltenden Art. Roland schien nicht begeistert davon zu sein, dass es zu einem Treffen zwischen Antje und Oliver kam.

»Weiß dein Cousin überhaupt, dass wir ein Paar sind?«, fragte sie ihren Freund direkt, während sie sich auf ihr Dienstrad schwang. Auf der autofreien Insel Juist war auch die Polizei mit Muskelkraft unterwegs, motorgetriebene Fahrzeuge hatten nur die Ärzte, die Feuerwehr und der Rettungsdienst.

Roland antwortete: »Oliver ist niemand, mit dem ich gern über meine Gefühle spreche. Ich habe dich nicht verschwiegen, wir haben nur einfach nicht über das Thema Beziehungen geredet.«

Und wo ist da der Unterschied?, dachte Antje. Sie fragte: »Wie lange will dein Cousin bleiben?«

»Eine Woche. - Du weißt ja selbst, wie hoffnungslos ausgebucht die Insel ist. - Wenn der ursprüngliche Gast, der das Zimmer im *Norwegischen Hof* hatte, nicht erkrankt wäre, würde Oliver hier gar nicht aufgetaucht sein.«

An Rolands Tonfall konnte sie erkennen, dass er diese Lösung vorgezogen hätte. Sie kannte ihren Freund – er war alles andere als begeistert von der Anreise seines Verwandten. Doch aus welchem Grund? Sie beschloss, diese Frage zurückzustellen. Jetzt mussten die beiden sich erst einmal um den Einbruch kümmern.

Die langgestreckte Billstraße reichte vom Juister Ortszentrum bis zur Domäne Bill im Westen der Insel. Die *Pension Kreyenborg* gehörte zu den preiswerteren Beherbergungsbetrieben des »Töwerlands«. In dem Rotklinker-Friesenhaus wurden nur vier Zimmer an Urlauber vermietet. Marieke Kreyenborg wohnte selbst ebenfalls in dem idyllischen Gebäude mit dem kleinen Blumengarten. Die Wirtin stand an der offenen Haustür, offenbar hatte sie die Polizisten schon erwartet. Sie war eine schlanke Frau mit randloser Brille und schulterlangen grauen Haaren. An diesem Augustmorgen trug sie Jeans, T-Shirt, Clogs sowie eine weiße Schürze. Die beiden lehnten ihre Fahrräder gegen den Zaun. Antje und Roland waren mit Marieke Kreyenborg per Du. Nach der Begrüßung fragte der Kommissar: »Wann genau hast du die Straftat bemerkt?«

»Vor ungefähr einer halben Stunde«, lautete die Antwort. Roland zog bereits Latexhandschuhe über, seine Kollegin folgte seinem Beispiel. Er hatte auch den Tatortkoffer dabei, in dem sich alle nötigen Utensilien zur Beweissicherung befanden.

»Zeigst du uns, wo genau der Täter ins Haus gelangt ist?«, bat Antje. Diese Frage schien der Pensionswirtin unangenehm zu sein. Sie murmelte: »Die Tür ist unversehrt, und von den Fenstern wurde auch keines aufgehebelt.«

Der Kommissar zeigte sich überrascht: »Und woher weißt du denn, dass überhaupt jemand hineingelangt ist?«

»Die Tür zu einem der Gästezimmer ist beschädigt«, flüsterte Marieke Kreyenborg. Sie wollte vermutlich möglichst diskret vorgehen, um ihre Mieter nicht zu beunruhigen. *Aber wie soll das gehen?,* dachte Antje. Das Erscheinen von zwei uniformierten Polizisten musste selbst

Zeitgenossen mit ausgeprägt sonnigem Gemüt signalisieren, dass etwas vorgefallen war.

Während die Pensionswirtin die Beamten ins Haus führte, kamen sie am Frühstücksraum vorbei. Dort hatten sich einige Frauen und Männer versammelt, um den Tag mit frischen Brötchen, gekochten Eiern und Kaffee zu beginnen. Man konnte die knisternde Spannung bei diesen Personen deutlich spüren. Sie sperrten vermutlich ihre Ohren weit auf.

Marieke Kreyenborg blieb vor der Tür mit der Nummer 2 stehen und deutete wortlos auf die metallene Klinke. Auch ein Laie konnte erkennen, dass hier ein Werkzeug Kratzer verursacht hatte – vermutlich ein Schraubendreher. Antje runzelte die Stirn. Sie traute es sich selbst ebenfalls zu, diese Tür ohne Schlüssel zu öffnen. Das Schloss würde einen halbwegs professionell arbeitenden Kriminellen noch nicht mal eine Minute lang aufhalten. Die Polizistin drückte die Klinke herunter.

»Als ich merkte, dass jemand an der Tür herumgepfuscht hat, bin ich mit dem Generalschlüssel hineingegangen«, raunte die Pensionswirtin. »Ich habe mir Sorgen um Frau Vinke gemacht.«

»Frau Vinke ist die Urlauberin, die hier wohnt?«

»Ja, Antje.«

Die Polizisten traten in das kleine, aber gemütlich eingerichtete Zimmer. Es duftete nach einem teuren Damenparfüm, aber da war noch ein anderer Geruch in der Luft, den die Kommissarin nicht sofort zuordnen konnte. Es gab einen Kleiderschrank, ein Bett, einen kleinen Schreibtisch, einen Stuhl sowie eine schmale Tür, die zu einer Nasszelle führte. Antje registrierte sofort, dass das Bett gemacht war. Sie zeigte in die Richtung: »Du hast hier nichts angerührt, oder?«

»Nein, natürlich nicht. Frau Vinke muss in der vergangenen Nacht gar nicht hier gewesen sein«, erwiderte die Pensionswirtin. Das allein war nach Meinung der Polizistin noch kein Grund zur Beunruhigung. Allerdings hatte sich jemand gewaltsam Zugang zu dem Zimmer verschafft, und deshalb musste man sich sehr wohl Gedanken machen.

»Was ist das denn?!«, rief Marieke Kreyenborg entsetzt aus. Sie zeigte auf den Schreibtisch, als ob dort eine ekelhafte Kreatur sitzen würde. Das war allerdings nicht der Fall. Mitten auf der Tischplatte befand sich ein Fleck aus blutrotem Siegellack. Darauf war ein Siegel gedrückt worden, das eine Art Chimäre darzustellen schien, die sich um die Buchstaben P und K wand. Antje berührte vorsichtig den Lack. Er war kalt und steinhart, also musste das Siegel nicht erst vor wenigen Minuten angebracht worden sein. Sie fotografierte das rätselhafte Objekt, während ihr Kollege die Schranktüren öffnete: »Ich will hier nicht in der Wäsche wühlen, aber es scheint alles Übliche da zu sein – Hosen, Röcke, Wäsche, Strümpfe, Pullover und so weiter. Die Reisetasche fehlt auch nicht.«

Die Kommissarin betrat die Nasszelle. Auch dort waren Kosmetika und Hygieneartikel vorhanden, inklusive eines Flacons mit dem teuren Parfüm. Es war, als ob die Bewohnerin nur für einen Moment fortgegangen wäre.

»Wann hast du Frau Vinke zum letzten Mal gesehen?«, wollte Roland von der Pensionswirtin wissen. Sie musste nicht lange überlegen: »Gestern, also am 21. August, beim Frühstück. Ihr wisst ja vielleicht, dass meine Gäste alle auch einen Hausschlüssel haben. Deshalb können sie kommen und gehen, wie es ihnen beliebt. Ich kontrolliere das auch nicht. Nach dem Frühstück wollte Frau Vinke zum Strand, jedenfalls hatte sie ihr Badezeug dabei. Ich bin davon ausgegangen, dass sie irgendwann bis zum Abend in ihr Zimmer zurückgekehrt ist. Das war offenbar ein Irrtum.«

Nun war es Antje, die auf das Siegel zeigte: »Hast du dieses Symbol schon einmal gesehen, Marieke?«

»Nein, niemals. Irgendwelche Adligen oder Würdenträger haben solche Siegel, oder?«

»Also eine *Respektsperson*, die hier einbricht und offenbar nichts stiehlt, sondern stattdessen einen Hinweis hinterlässt«, stellte der Kommissar trocken fest, »es gibt doch nichts, was es nicht gibt.«

»Über das Siegel können wir uns später den Kopf zerbrechen«, gab Antje leicht gereizt zurück, »mir machen die Umstände von Frau Vinkes Verschwinden Kopfzerbrechen. Vielleicht ist ja alles ganz harmlos, aber ich möchte mich vergewissern, dass es ihr gut geht. - Hast du ihre Mobilnummer für mich?!«

Die Pensionswirtin nickte, sie wirkte nun sehr aufgeregt. Sie holte ihr Gästebuch und diktierte der Polizistin eine Zahlenfolge. Als Antje die Nummer anrief, sprang sofort die Mailbox an: »Moin, Frau Vinke! Hier spricht Kommissarin Fedder von der Polizei Juist. Bitte rufen Sie mich umgehend zurück, wenn Sie dies hören. Ich möchte nur wissen, wo Sie sich aufhalten.«

Nachdem die Ermittlerin diese Sätze auf Band gesprochen hatte, steckte sie ihr Smartphone wieder weg.

»Ihr ist bestimmt etwas passiert, das spüre ich!«, jammerte Marieke Kreyenborg.

»Mach dich bitte nicht verrückt«, sagte Antje freundlich, aber bestimmt. »Wir werden die Frau finden, aber dabei musst du uns helfen. - Wie heißt Frau Vinke mit Vornamen?«

»Birgit.«

»Wie alt ist sie?«

»Ende dreißig oder Anfang vierzig, würde ich sagen. Soll ich im Meldeschein nachschauen?«

»Nein, das ist erst mal nicht notwendig. Wie war sie gekleidet, als du sie gestern gesehen hast?«

»Sie trug ein weites Strandkleid, knielang und rot-weiß gestreift. Außerdem Sandalen und einen Strohhut mit breiter Krempe.«

Die Kommissarin notierte die Angaben, während sie diese abfragte.

»Du bist eine gute Beobachterin«, lobte sie.

»Das bringt mein Beruf so mit sich, Antje.«

»Was für einen Eindruck hattest du von Birgit Vinke? Wirkte sie angespannt oder nervös? Schien sie vor etwas Angst zu haben?«

»Du meinst, ob sie sich verfolgt gefühlt haben könnte?«, gab die Pensionswirtin zurück und sprach weiter: »Nein, überhaupt nicht. Viele Urlauber kommen ja nach Juist, um zu entschleunigen und ihren Alltagsstress zu vergessen. Am ersten und zweiten Tag sind sie oft noch unruhig, aber dann wirkt unsere gute Seeluft äußerst entspannend auf sie. - Aber Frau Vinke war da eine Ausnahme. Sie kam mir vom ersten Moment an sehr gelöst vor, vielleicht ist das ja ihre Natur.«

»Hat sie etwas von sich erzählt? Gibt es einen Mann in ihrem Leben? Weißt du, was sie beruflich macht?«

»Da kann ich dir leider gar nicht weiterhelfen, Antje. Über solche Dinge redete sie nicht. Beim Frühstück haben wir unverbindlich ein wenig geplaudert – über das Wetter und die Juister Strände, solche Dinge eben.«

»Wir werden herausfinden, was mit Birgit Vinke geschehen ist«, versprach die Polizistin. »Aber dafür sollten wir auch deine anderen Gäste befragen.«

»Ich will die Menschen nicht beunruhigen, aber es gibt wohl keinen anderen Weg«, murmelte Marieke Kreyenborg. Sie ging mit den beiden in den Frühstücksraum hinüber, wo sofort alle neugierigen Blicke auf sie gerichtet waren.

»Moin, wir sind von der Polizei«, sagte Antje überflüssigerweise, denn sie und Roland waren in Uniform. Nachdem sie seinen und ihren Namen genannt hatte, fragte sie: »Weiß jemand von Ihnen, wo sich Birgit Vinke momentan aufhält? Sie ist die Mieterin von Zimmer Nummer 2.«

Und die Pensionswirtin ergänzte: »Sie hat gestern beim Frühstück dort gesessen.«

Sie deutete auf einen leeren Tisch.

Keiner der Anwesenden wollte die Frau nach dem Morgen des 21. August gesehen haben. Die Zeugen kamen der Ermittlerin glaubwürdig vor.

Ein unscheinbarer junger Mann, der sich als Benno Föhrenwald vorstellte, fragte: »Ist der Frau denn etwas zugestoßen?«

»Das wissen wir noch nicht. Auf jeden Fall scheint in ihr Zimmer eingebrochen worden zu sein«, antwortete Antje. Sie konnte den Urlaubern diese Wahrheit nicht ersparen. Außerdem gab es noch eine weitere Variante: Wenn an der Haustür keine verdächtigen Spuren zu erkennen waren, dann konnte jemand innerhalb der Pension bei Birgit Vinke eingedrungen sein. Diese Neuigkeit sorgte bei den Anwesenden für Erschrecken. Sie redeten laut durcheinander, bis Roland sich Ruhe verschaffte: »Wir werden noch eine Weile hier sein, um Spuren zu sichern. Wenn Sie in Ihren Zimmern Gegenstände vermissen oder irgendetwas Merkwürdiges feststellen, geben Sie uns bitte Bescheid. Das können Sie auch noch später tun.«

Bevor die Polizisten sich wieder Birgit Vinkes Raum widmeten, überprüften sie die anderen Türschlösser. Sichtbare Einbruchspuren konnten sie bei keinem anderen Zimmer entdecken. Der Täter musste es gezielt auf diese Frau abgesehen haben. Aber was sollte dieses unübersehbare Siegel bedeuten?

Kapitel 2

Die Polizisten fuhren Richtung Strand, nachdem sie die Spurensicherung abgeschlossen und den Tatortkoffer zurück zur Wache gebracht hatten.

»Wir können nicht beurteilen, ob wirklich nichts aus dem Zimmer entwendet wurde«, dachte Antje laut nach. »Nur Birgit Vinke selbst könnte uns darüber Auskunft geben. Und dieses Siegel soll vielleicht eine Art Visitenkarte des Einbrechers sein – eine Botschaft, die nur von der Vermissten selbst verstanden werden kann. Das wäre zumindest eine Möglichkeit.«

Roland ergänzte: »Auch wenn Birgit Vinke mit dem Siegel nichts anzufangen weiß – es könnte sich allgemein um ein Markenzeichen des Verbrechers handeln. Wir sollten die Information und ein Foto des Siegels an das Landeskriminalamt weiterleiten. Vielleicht haben wir es mit einer reisenden Bande zu tun, die schon anderswo ihr Unwesen getrieben hat. - Ich verstehe sowieso nicht, warum Kriminelle durch solche Extravaganzen die polizeiliche Aufmerksamkeit auf sich lenken müssen. Wenn ich ein Ganove wäre, dann würde ich so unauffällig wie möglich vorgehen und keine verwertbaren Spuren hinterlassen.«

»Du wärst vermutlich ein kriminelles Superhirn«, gab seine Kollegin mit einem Unterton liebevollen Spotts in der Stimme zurück.

»Veralbern kann ich mich allein!«

»So war das gar nicht gemeint, Roland. Und ich teile deine Ansicht, dass solche Auffälligkeiten bei der Tatausführung unbegreiflich sind – außer, wenn man die Eitelkeit der Schurken berücksichtigt. Sie fühlen sich unangreifbar, wollen die Polizei an der Nase herumführen. Und dank dieser Selbstüberschätzung landen sie schneller hinter Gittern, als sie es sich vorstellen können.«

»Das wäre doch mal ein positiver Gesichtspunkt«, meinte der Kommissar, »wenn man die Dinge so betrachtet, sollten wir für das zurückgelassen Siegel wirklich dankbar sein. Mir wäre trotzdem wohler, wenn wir die Urlauberin am Strand finden könnten.«

Da bist du nicht der Einzige, dachte Antje. Nachdem die beiden ihre Fahrräder an der Strandpromenade zurückgelassen hatten, gingen sie auf einem der Bohlenwege zwischen den Dünen zu der breiten hellen Sandfläche hinunter, mit der Juist gegenüber anderen Inseln erfolgreich punkten konnte. Der Strand war hier besonders weitläufig und sauber. Antje liebte das Rauschen der Brandung und den Geruch nach Seetang sowie das Lachen und Kreischen der spielenden Kinder. Doch in diesem Moment war sie ganz auf die Suche nach Birgit Vinke konzentriert. Die Kommissarin hatte auf ihrem Smartphone eine Ortungsapp, in die sie nun die Nummer der Verschwundenen eintippte. Das Programm war nicht perfekt, lieferte aber eine ungefähre Annäherung – man kam bis auf wenige hundert Meter an das gesuchte Objekt heran. An diesem schönen Augusttag schienen sämtliche Strandkörbe besetzt zu sein. Außerdem hatten es sich viele weitere Badegäste in Strandmuscheln oder hinter einem Windschutz gemütlich gemacht. Die App stellte das Handy der verschwundenen Frau als einen blinkenden roten Punkt dar. Die Beamten stapften durch den warmen Sand. Sie hatten bereits mehrere hundert Meter zurückgelegt, als Roland nach vorn zeigte: »Das könnte ihr Kleid sein, oder?«

Nun hatte auch Antje die Textilie entdeckt. Es konnte sich um das Strandkleid handeln, das Birgit Vinke laut der Aussage von Marieke Kreyenborg am Vortag getragen hatte. Die Polizisten beschleunigten ihre Schritte. Wenig später fanden sie das Kleid. Es lag neben einer ausgebreiteten farbenfrohen Stranddecke. Die Gesuchte hatte auch ihre geflochtene Umhängetasche zurückgelassen. Darin lag neben einem Portemonnaie auch das Smartphone. Die Kommissarin presste die Lippen aufeinander. Dieser Fund gefiel ihr ganz und gar nicht. Wo war die Frau? Trug sie noch etwas anderes als einen Bikini oder einen Badeanzug auf dem Leib? Ein Seitenblick in Rolands Richtung bewies ihr, dass er genauso sorgenvoll war wie sie selbst. Nach einigen Jahren Zusammenarbeit und Beziehung konnte sie in seinem Gesicht lesen wie in einem offenen Buch. Er wandte sich an ein Paar mit Kleinkind. Das Familientrio lag einen Steinwurf weit entfernt im Schatten eines Windschutzes. Während die Kleine weiterhin eifrig Sandkuchen fabrizierte und den Polizisten gar nicht wahrnahm, schauten die Eltern neugierig auf.

»Moin, ich bin Kommissar Witte. Das ist Kommissarin Fedder.« Er deutete auf Antje, die ebenfalls näherkam. Dann fuhr er fort: »Können Sie uns etwas über die Frau sagen, die dort drüben lagert?«

Roland zeigte auf das Strandlaken. Der Mann und die Frau wechselten einen verblüfft wirkenden Blick.

»Ich hab dir ja gleich gesagt, dass es sich um ein weibliches Wesen handeln muss, da liegt doch eindeutig ein Kleid«, sagte die Urlauberin zu ihrem Gatten, »und die Tasche wirkt auch eher feminin.«

Dann sprach sie Roland direkt an: »Seit wir an den Strand gekommen sind, haben wir dort drüben niemanden bemerkt. Wir wunderten uns schon, wie lange die Person es in der Nordsee ausgehalten hat.«

»Seit wann sind Sie denn hier?«, hakte der Kommissar nach.

»Ungefähr seit halb zehn«, antwortete der Badegast. Jetzt war es fast zwölf Uhr mittags. *Also könnten die Sachen auch schon über Nacht hier gelegen haben,* dachte Antje. Es sprach für die Ehrlichkeit der Strandbesucher, dass weder die Geldbörse noch das Telefon geklaut worden waren. Aber für Birgit Vinkes Schicksal verhieß dies nichts Gutes. Während Roland die Utensilien einpackte, gab seine Kollegin den Zeugen ihre Visitenkarten: »Falle eine Frau erscheinen sollte, die ihre Sachen vermisst, dann richten Sie ihr bitte aus, dass sie sich alles auf der Polizeiwache abholen kann. Und falls Ihnen noch etwas einfällt, können Sie uns jederzeit anrufen.«

Die Urlauber versprachen, die Augen offenzuhalten. Die Ermittler befragten noch einige andere Personen auf diesem Strandabschnitt, konnten aber keine weiteren Informationen bekommen. Während sie zu ihren Rädern zurückkehrten, sagte Roland: »Auch wenn es mir nicht gefällt – wir müssen jetzt wohl wirklich von einer Straftat ausgehen. Oder bist du anderer Meinung?«

»Es wäre höchstens noch vorstellbar, dass Birgit Vinke einen Unfall erlitten hat, zum Beispiel beim Schwimmen. Du weißt so gut wie ich, dass im Lauf der Jahre bereits einige Inselbesucher ihrem eigenen Leichtsinn zum Opfer gefallen sind.«

»Grundsätzlich gebe ich dir recht, Antje. Allerdings sind die Stellen, an denen Baden aufgrund der Strömungsverhältnisse verboten ist, ziemlich weit entfernt. In der Nähe von Birgit Vinkes Badelaken befindet sich ein Wachtposten der Rettungsschwimmer. Die Mädels und Jungs hätten bemerkt, wenn jemand im Wasser Hilfe benötigt hätte – es sei denn, die Verschwundene wäre nach Einbruch der Dunkelheit in die Nordsee gegangen. Aber selbst wenn wir eine natürliche Ursache für ihre Abwesenheit annehmen – dadurch erklären sich weder der Einbruch noch das Siegel.«

»Wir teilen uns die Arbeit auf«, schlug die Polizistin vor. »Ich nehme Birgit Vinkes persönliche Sachen genauer unter die Lupe, und du kontaktierst das Landeskriminalamt wegen des Siegels.«

Damit war Roland einverstanden. Nachdem sie die Dienststelle wieder erreicht hatten, griff der Kommissar zum Telefonhörer. Antje hätte gern die Daten aus dem Smartphone der Vermissten ausgelesen, aber dafür fehlten ihr die technischen Voraussetzungen. Außerdem war ja noch gar nicht klar, ob es sich bei Birgit Vinke wirklich um ein Verbrechensopfer handelte. Theoretisch konnte es möglich sein, dass die Frau sich beispielsweise spontan verliebt hatte und Hals über Kopf bei einem Mann gelandet war. Die Polizistin legte das Mobiltelefon zunächst beiseite und schaute sich das Portemonnaie an. Es enthielt neben ungefähr achtzig Euro in bar eine EC-Karte, eine Kreditkarte sowie Ausweise von Krankenkasse und Automobilclub. Der Personalausweis war noch zwei Jahre gültig. Laut diesem Dokument wohnte Birgit Vinke in Hannover. Antje startete eine POLAS-Abfrage, die negativ ausfiel. Die vermisste Person war noch niemals polizeilich in Erscheinung getreten. Als Nächstes nahm die Kommissarin Kontakt mit dem Einwohnermeldeamt in der Landeshauptstadt auf. Dort erfuhr sie, dass Birgit Vinkes Eltern ebenfalls in Hannover lebten. Ob sie mit ihnen Kontakt aufnehmen sollte? Antje wollte Rolf und Sabrina Vinke nicht unnötig beunruhigen; andererseits waren die Umstände ihres Verschwindens schon beunruhigend. Roland hatte sein Telefonat soeben beendet. Sie warf ihm einen fragenden Blick zu: »Konnten die LKA-Kollegen dir wegen des Siegels weiterhelfen?«

»Leider nicht«, erwiderte er. »Es gibt wirklich Einbrecherbanden, die am Tatort eine bestimmte Signatur hinterlassen, zum Beispiel ein Graffiti oder eine leere Wodkaflasche. Aber das Siegel war sogar den Spezialisten neu. Auch das eigentliche Bildmotiv mit der Chimäre und den zwei Buchstaben sagt ihnen nichts. Sie wollen sich auf jeden Fall melden, wenn diese Darstellung bei einer anderen Straftat auftauchen sollte. - Und was konntest du erreichen?«

»Ich werde jetzt Birgit Vinkes Eltern anrufen - auch auf die Gefahr hin, unnötig die Pferde scheu zu machen.«

Die Polizistin hatte die Telefonnummer des Ehepaars schon in Erfahrung gebracht. Sie schaltete den Lautsprecher ein, damit Roland das Gespräch mithören konnte. Nachdem einige Male das Freizeichen ertönt war, meldete sich eine Frauenstimme: »Vinke.«

»Moin, hier spricht Kommissarin Fedder von der Polizei Juist. - Ist Ihnen bekannt, dass Ihre Tochter Birgit momentan hier auf der Insel Urlaub macht?«

»Ja, darauf hat sie sich schon seit Monaten gefreut«, erwiderte die Mutter. Sie klang beunruhigt, als sie fortfuhr: »Ist meiner Tochter etwas zugestoßen?«

»Das wissen wir noch nicht, Frau Vinke. - Bisher steht nur fest, dass in ihr Pensionszimmer eingebrochen wurde, wahrscheinlich in ihrer Abwesenheit. Wir haben ihr Smartphone und ihr Portemonnaie am Strand sichergestellt. Seit dem gestrigen Morgen hat sie in der Unterkunft niemand mehr gesehen.«

»Haben Sie denn schon mit Jule gesprochen?«

»Wer ist das?«, fragte Antje zurück.

»Jule ist meine jüngere Tochter. Sie befindet sich momentan ebenfalls auf Juist, sie hat mich gestern noch angerufen. Jule hat mit einigen Freunden, die sie aus dem Studium kennt, ein Ferienhaus gemietet. Vielleicht ist Birgit ja bei ihnen ...«

Im Badeanzug? Und sie lässt ihre Wertsachen zurück? Diese Fragen lagen der Polizistin auf der Zunge, sie sprach sie aber nicht aus. Es konnte die unterschiedlichsten Gründe für das Verhalten der Vermissten geben. Vielleicht saß sie ja in diesem Moment wohlbehalten bei den Studenten im Ferienhaus. Das hoffte die Kommissarin zumindest. Sie bat Frau Vinke um die Mobilnummer und die Urlaubsanschrift ihrer jüngeren Tochter. Nachdem die Mutter diese Angaben gemacht hatte, fragte sie: »Was ist denn nun mit diesem Einbruch, von dem Sie gesprochen haben?«

»Noch steht nicht fest, ob überhaupt etwas gestohlen wurde. Das kann uns wohl nur Ihre ältere Tochter sagen. - Kennen Sie ein Siegel, auf dem eine Chimäre und die Buchstaben P und K dargestellt sind?«

Einen Moment lang herrschte Stille in der Leitung. Die Frage schien Sabrina Vinke zu verblüffen, was Antje durchaus verstehen konnte. Sie fügte erklärend hinzu: »Dieses Symbol könnte mit der Straftat zusammenhängen.«

»Da kann ich Ihnen leider nicht weiterhelfen, Frau Fedder. Ich höre zum ersten Mal davon. Und ehrlich gesagt weiß ich gar nicht, was eine Chimäre ist.«

»Darunter versteht man ein märchenhaftes Mischwesen, zum Beispiel eine Kreuzung aus einem Löwen und einer Schlange. - Ich werde jetzt Ihre jüngere Tochter kontaktieren. Sobald ich Neuigkeiten habe, melde ich mich wieder bei Ihnen.«

Mit diesen Worten beendete die Kommissarin das Telefonat.

»Vielleicht hat Birgit ja mit Jule und dem Rest der Truppe eine Party veranstaltet und dabei zu tief ins Glas geschaut«, vermutete Roland.

»Dagegen hätte ich nichts einzuwenden, wir sollten gleich mal ...«

Sie unterbrach sich selbst, weil es in diesem Moment am Eingang klingelte. Wenn die Polizeistation tagsüber besetzt war, konnte man die Tür einfach aufdrücken. Dies war allerdings nur den Einheimischen und den Urlaubern bekannt, die schon öfter auf Juist gewesen waren und mit der Polizei zu tun gehabt hatten. Da Antje näher an der Tür saß, stand sie auf und öffnete. Vor ihr stand ein hochgewachsener stämmiger Mann in kurzen Hosen und einem bunt bedruckten Freizeithemd. Er hielt sein Smartphone in der rechten Hand und wirkte empört, wozu auch sein krebsroter Teint passte.

»Moin, was können wir für Sie tun?«, fragte die Polizistin freundlich.

»Ich will Strafanzeige wegen Sachbeschädigung erstatten. - Sehen Sie selbst!«

Mit diesen Worten zeigte er Antje ein Foto, das er mit der Kamera seines Telefons geschossen hatte. Darauf war genauso ein Siegel wie auf dem Schreibtisch in der Pension zu sehen. Doch diesmal war es offenbar an einer hölzernen Eingangstür angebracht worden.

Kapitel 3

Die Polizistin bat den Melder herein und nahm zunächst seine Personalien auf. Er hieß Thomas Bogner und war ein aus Magdeburg stammender Urlauber. Er nahm auf Antjes Besucherstuhl Platz. Nachdem sie ihm ein Glas Mineralwasser gegeben hatte, beruhigte er sich ein wenig.

»Wo ist die Aufnahme entstanden?«, wollte Roland wissen, nachdem auch er sich das Bild angeschaut hatte.

»An der Eingangstür des Ferienhauses, das meine Frau und ich gemietet haben«, lautete die Antwort. »Am Ende denkt der Besitzer noch, dass wir sein Eigentum beschädigt hätten! Das will ich auf keinen Fall riskieren.«

»Es war richtig, dass Sie sofort zu uns gekommen sind«, betonte Antje. »Können Sie uns sagen, wann das Siegel angebracht wurde?«

»Die exakte Zeit weiß ich nicht, Frau Fedder.« Sie hatte sich zwar nicht vorgestellt, aber ihr Namensschild auf der Uniformbluse war nicht zu übersehen. Bogner sprach weiter: »Meine Frau, unsere Zwillinge und ich sind gegen 9 Uhr zum Strand gegangen. Später fiel mir dann auf, dass ich mein Kreuzworträtselheft vergessen hatte. Ich wollte es holen, und als ich zum Ferienhaus zurückkehrte, sah ich die Bescherung. Das ist ja fast so schlimm wie Graffiti!«

»Der Siegellack befindet sich offenbar teilweise sowohl auf dem Türblatt als auch auf dem Türrahmen«, stellte Roland fest. »Wenn Sie aufschließen, wird er sich leicht entfernen lassen.«

»Ihr Wort in Gottes Ohr, Herr Witte!«

Also sind die Mieter zwischen neun und halb zwei Uhr nicht im Ferienhaus gewesen, dachte Antje nach einem Blick auf die Uhr. Sie fand es ziemlich dreist vom Täter, bei Tageslicht dort das Siegel anzubringen. Andererseits: Das beschädigte Gebäude befand sich in der Sonnenstraße. Die

Polizistin hatte es an der metallenen Flamingo-Skulptur neben dem Eingang sofort erkannt. Der Besitzer Onno Sieks hatte eine Vorliebe für solche Dekorationselemente. In der Sonnenstraße befanden sich einige Ferienhäuser – und deren Bewohner eilten meist nach dem Frühstück sofort zum Strand. Die Gefahr, von aufmerksamen Nachbarn bemerkt zu werden, war also dort nicht so groß wie an anderen Plätzen auf der Insel. Ob das Haus von dem noch unbekannten »Vandalen« willkürlich ausgewählt worden war? Oder gab es einen Zusammenhang zwischen Bogner oder Onno Sieks und Birgit Vinke, den die Polizisten noch nicht kannten? Diese Gedanken schwirrten ihr durch den Kopf, während sie die Strafanzeige fertigte. Rolands Überlegungen schienen in dieselbe Richtung zu gehen: »Sagt Ihnen der Name Birgit Vinke etwas?«

Der Melder schüttelte den Kopf: »Nein, den höre ich zum ersten Mal. Ist diese Person dafür verantwortlich?«

»Darauf gibt es keinen Hinweis, vielmehr handelt es sich um ein weiteres Opfer einer Straftat«, gab Roland vage zurück.

»Wollen Sie Ihre Frau nicht anrufen, Herr Bogner?«, schlug die Kommissarin vor. »Sie fragt sich bestimmt schon, wo Sie bleiben. Es würde ja nicht so lange dauern, nur das Kreuzworträtselheft zu holen.«

»Sie haben recht, daran dachte ich überhaupt nicht … ich hatte noch nie mit der Polizei zu tun ...«, murmelte der Urlauber. Dann griff er zum Handy: »Schatz, es dauert noch ein wenig. Du wirst nicht glauben, was mir passiert ist … Nein, das erzähle ich dir später in Ruhe.«

Er steckte sein Telefon wieder weg. Nachdem Bogner die Strafanzeige unterschrieben hatte, sagte Antje: »Wir gehen jetzt mit Ihnen zum Ferienhaus, um Spuren zu sichern und die Nachbarschaft zu befragen. - Haben Sie eine Idee, aus welchem Grund jemand das Siegel dort platziert haben könnte?«

Der Feriengast schaute die Polizistin an, als ob sie nicht alle Tassen im Schrank hätte: »Nein, dazu fällt mir wirklich nichts ein! Ich habe vor dem heutigen Tag noch nie ein Siegel gesehen, außer in irgendwelchen historischen Filmen. Wer immer für diesen Unsinn verantwortlich ist, muss entweder zu viel Langeweile haben oder ziemlich gestört sein!«

Oder er verfolgt ein Ziel, das wir noch nicht kennen, dachte Antje. Sie sagte: »Wir müssen alle Möglichkeiten in Betracht ziehen, das werden Sie gewiss verstehen.«

»Ja, selbstverständlich«, gab der Melder zurück. »Die Situation ist für mich einfach nur ungewohnt.«

»Ich könnte Herrn Bogner zum Ferienhaus begleiten und mich um das Siegel dort kümmern«, schlug Roland vor. »Dann kannst du schon mal mit der anderen Person sprechen.«

Damit war natürlich Jule Vinke gemeint. Es gab keinen Grund, den Namen in Gegenwart eines Dritten zu nennen. Momentan schien alles dafür zu sprechen, dass es sich bei Bogner um ein Zufallsopfer handelte. Aber es stand keineswegs fest.

»Gut, so machen wir es«, erwiderte die Kommissarin. Es wäre wirklich Zeitverschwendung gewesen, zu zweit den Schaden am Ferienhaus aufzunehmen – vor allem, da die Suche nach Birgit Vinke sehr dringlich erschien. Die Mutter der Verschwundenen hatte angegeben, dass Jule und ihre Freunde sich ein Objekt in der Cirksenastraße gemietet hatten. Von der Polizeiwache aus war das Ziel mit dem Fahrrad innerhalb weniger Minuten zu erreichen. Momentan sah die Aktion mit den beiden Siegeln nach sinnlosem Vandalismus aus. Und doch war diese Erklärung für ihren Geschmack zu simpel. Wer seine blinde

Zerstörungswut ausleben wollte, machte sich gewiss nicht die Mühe, mit Siegellack zu hantieren. Ganz abgesehen davon, dass es einige Minuten gedauert haben musste, bis der Siegellack weich genug war, um ihn anbringen zu können. Während dieser Zeit hatte der Täter an der Haustür in der Sonnenstraße keinerlei Deckung gehabt. Jeder Passant hätte ihn sehen und auf seine seltsame Tätigkeit ansprechen können. Oder lag vielleicht gerade darin der Reiz? Bei dem Einbruch sah die Sache schon anders aus. Hatte der Verbrecher davon ausgehen können, dass Birgit Vinke ihn nicht überraschen würde? Anders gesagt: War ihm bekannt gewesen, dass sie nicht erscheinen konnte – weil er nämlich etwas mit ihrem Verschwinden zu tun hatte? Die Kommissarin merkte, dass sie zu spekulieren begann. Sie brach ihre Überlegungen ab und konzentrierte sich auf die vor ihr liegende Befragung. Natürlich kannte Antje auch das Ferienhaus, vor dem sie jetzt ihr Gefährt zum Stehen brachte und dann auf die Tür zuging. Es war ein größeres Backsteinhaus, in dem insgesamt acht Personen untergebracht werden konnten, und das vorzugsweise von kleinen Gruppen oder mehreren Familien gemietet wurde. Antje klingelte an der Tür. Wenig später wurde ihr von einer jungen Frau Anfang zwanzig geöffnet, die orangefarbene Bermudashorts und ein weißes ärmelloses Top trug. Sie schaute die Kommissarin fragend an.

»Moin, sind Sie Jule Vinke?«

Nachdem Antje diesen Satz gesagt hatte, hob die Unbekannte bedauernd die Schultern und deutete mit dem Zeigefinger auf ihre Lippen.

»Können Sie mich verstehen?«, hakte die Polizistin nach. Diesmal antwortete die Fremde mit einer Geste, die weder für ein Ja noch für ein Nein stand. Zumindest fasste die Kommissarin es so auf. Sie betonte: »Ich muss unbedingt

Jule Vinke sprechen. Es geht um ihre Familie, es handelt sich um einen Notfall!«

Die Sätze verfehlten ihre Wirkung nicht. Vielleicht wurden sie auch dadurch verstärkt, dass eine Beamtin in Uniform sie aussprach. Jedenfalls trat die junge blonde Frau zur Seite und forderte Antje mit einer Handbewegung auf, ihr zu folgen. Im großen Wohnraum lagen Matten auf dem Fußboden, auf denen Reis gestreut war. Und darauf knieten drei Menschen, eine Frau und zwei Männer. Sie waren alle ungefähr im Alter der Person, die Antje geöffnet hatte. Die Kommissarin senkte instinktiv den Blick zu den Knien der Blonden und stellte fest, dass auch sie auf dem rohen Getreide gekniet haben musste. Die Hautrötung war nicht zu übersehen. Keiner der Anwesenden hatte bisher auch nur eine Silbe von sich gegeben. Standen diese Leute unter Drogen? Diesen Eindruck hatte die Polizistin nicht. Auf jeden Fall wurde es ihr zu bunt: »Ich weiß nicht, was hier gespielt wird! Aber ich möchte jetzt sofort wissen, wer von Ihnen Jule Vinke ist.«

Eine Frau, deren Haar nur um einen Ton dunkler war als das der Bermudashorts-Schönheit, zuckte zusammen. Antje glaubte bei ihr eine gewisse Familienähnlichkeit mit der Person auf dem Passbild festzustellen.

»Es geht um Ihre Schwester Birgit«, legte die Polizistin nach. Die Frau blinzelte und öffnete den Mund: »Ja, das bin ich! - Warum sind Sie hier? Was ist mit Birgit geschehen?«

»Du hast verloren«, sagte einer der beiden männlichen Anwesenden. Er machte einen smarten Eindruck, wirkte entspannt und selbstsicher. Das gab ihm aber nach Antjes Meinung nicht das Recht, sich einzumischen. Sie runzelte die Stirn und schaute ihn direkt an: »Und Sie sind …?«

»Ich heiße Florian Brockstedt, Frau Wachtmeister. Und ich wollte Jule nur darauf hinweisen, dass sie bei unserer kleinen Konzentrationsübung ausgeschieden ist, weil sie gesprochen hat. Ich bin jetzt übrigens auch raus, weil man als höflicher Mensch antwortet, wenn man gefragt wird. - Aber wie heißt es doch so schön: Wenn es der Wahrheitsfindung dient ...«

Es kam der Kommissarin so vor, als ob Brockstedt sich über sie lustig machen wollte. Sie zeigte auf die Reiskörner: »Und wozu soll die Getreidebeilage gut sein?«

»Der Schmerz fördert unsere Konzentration«, behauptete der junge Mann. Seine Freunde warfen ihm bewundernde Blicke zu, als ob er eine tiefe Weisheit ausgesprochen hätte. Nur Jule Vinke konnte ihre Unruhe nicht verbergen: »Was ist denn mit meiner Schwester geschehen?«

»Ich hatte gehofft, eine Antwort auf diese Frage von Ihnen bekommen zu können«, erwiderte die Polizistin, »denn in ihrer Pension scheint sie seit dem gestrigen Frühstück nicht mehr erschienen zu sein. In ihr Zimmer wurde eingebrochen, und wir haben sowohl ihre Kleidung als auch ihr Smartphone und ihre Geldbörse am Strand gefunden. Ich hatte gehofft, Birgit Vinke hier bei Ihnen antreffen zu können.«

»Das ist ja sehr bedauerlich – aber was haben wir damit zu tun?«, fragte Brockstedt, wobei er die Augenbrauen hob und seinen Mund zu einem süffisanten Lächeln verzog.

»Ich spreche nicht mit Ihnen, sondern mit Jule Vinke«, stellte Antje klar. »Sie werden ja wohl nicht ihr Vormund sein, oder?«

Der junge Mann hob abwehrend die Handflächen – eine Geste, die in diesem Moment so viel bedeuten sollte wie: *Schon gut, ich halte ja bereits die Klappe!* Jule Vinke wirkte jedenfalls ernsthaft besorgt. Sie sagte: »Ich weiß nicht, wo Birgit sich momentan aufhält. Ich habe sie vorgestern zum letzten Mal getroffen, also am 20. August.«

»Wirkte sie bedrückt oder verängstigt?«, hakte die Kommissarin nach. »Fällt Ihnen spontan ein Grund für das Verschwinden Ihrer Schwester ein?«

Jule Vinke verneinte: »Auf mich machte Birgit einen entspannten Eindruck, sie schien glücklich zu sein. - Wir sind zwar Schwestern, aber es gibt nicht viele Gemeinsamkeiten zwischen uns. Der Altersunterschied ist einfach zu groß. Ich bin fast zehn Jahre jünger als Birgit.«

Antje wandte sich nun an die übrigen Anwesenden: »Nachdem Ihr Schweigegelübde gebrochen wurde, können auch Sie mir Ihre Namen verraten. Hat jemand von Ihnen eine Ahnung, was mit Birgit Vinke geschehen sein könnte?«

Die drei Personen schüttelten wie auf Kommando gleichzeitig die Köpfe. Sie alle waren ähnlich gekleidet – kurze Hosen und T-Shirts oder Tops. Der zweite Mann stellte sich als Jannis Schweer vor, die blonde Frau hieß Svea Lang. Während Schweer mindestens zwanzig Kilo Übergewicht auf den Rippen hatte, war Svea eher von elfenhafter Gestalt. Es kam der Polizistin nicht so vor, als ob die jungen Leute ihr die ganze Wahrheit sagten. Deshalb klopfte sie ein wenig auf den Busch: »Können Sie mit diesem Symbol etwas anfangen?«

Sie zeigte das Siegelfoto auf dem Smartphone und stellte diese Frage allen Anwesenden einzeln nacheinander, wobei sie die Personen genau beobachtete. Alle bemühten sich, einen möglichst unbeteiligten Eindruck zu machen. Nur Brockstedt bildete eine Ausnahme. Er tat so, als ob er das Siegel besonders faszinierend fände: »Da haben Sie ja wirklich eine heiße Spur, Frau Wachtmeister! Wird dieser Stempel Sie zu Birgit Vinke führen?«

»Ich bin Kommissarin Fedder. Da Sie Student sind, werden Sie gewiss lesen können.« Sie deutete auf ihr Namensschild und fuhr fort: »Für Sie ist dieser Vermisstenfall vielleicht ein origineller Urlaubsspaß, aber mein Kollege und ich wollen die Frau unbedingt finden – am besten unversehrt. Daher sind wir auf jede Mithilfe angewiesen.«

Brockstedt nickte übertrieben ernsthaft: »Ich verstehe, Frau Fedder. - Darf ich fragen, was dieses Siegel mit Jules Schwester zu tun haben könnte? Wir wollen ja gern dazu beitragen, die Frau zu finden – aber dafür müssten wir die Zusammenhänge verstehen.«

»Das Siegel wurde im Pensionszimmer der Verschwundenen gesichert. Es ist möglich, dass es von einem Einbrecher hinterlassen wurde«, erwiderte die Kommissarin. Kam es ihr nur so vor, oder zeigte der Gesichtsausdruck des jungen Studenten so etwas wie Genugtuung – oder Schadenfreude? Sie ermahnte sich selbst, nicht auf Eindrücke zu bauen, sondern sich auf Tatsachen zu verlassen. Ihr Smartphone klingelte, Roland war am Apparat. Sie konnte seiner Stimme anhören, dass er einen Schritt weitergekommen war: »Ich bin jetzt mit Herrn Bogner bei dem Ferienhaus, Antje. Ich konnte das Siegel entfernen, die Tür scheint keinen Schaden genommen zu haben. Viel wichtiger finde ich aber eine Wimper, die im Siegellack feststeckte. Es ist gut möglich, dass sie vom Täter stammt. Wenn wir einen DNA-Abgleich vornehmen können, haben wir ihn!«

Kapitel 4

»Danke für die Information«, sagte Antje lächelnd. »Wir sehen uns dann auf der Dienststelle.«

Sie steckte das Handy wieder weg und legte einige ihrer Visitenkarten auf den Couchtisch.

»Falls Sie Birgit Vinke sehen oder Ihnen noch etwas zu ihrem Verbleib einfällt, können Sie mich jederzeit anrufen. Ich möchte mir jetzt auch Ihre Mobilnummern notieren, falls es noch weitere Fragen gibt.«

»Und wenn ich meine Daten nicht preisgeben möchte?«

Die Polizistin wunderte sich nicht darüber, dass diese Frage von Brockstedt kam. Sie zuckte mit den Schultern: »Dann hört es sich für mich so an, als ob Sie nicht bei der Suche nach Birgit Vinke mithelfen wollen.«

Es war Antje nicht entgangen, dass die übrigen Gruppenmitglieder an Brockstedts Lippen hingen. Sie schienen ihn als Vorbild zu betrachten. Trotzdem hatten sie bereitwillig ihre Nummern mitgeteilt, was man von ihm nicht behaupten konnte. Jule Vinke fragte: »Haben Sie Lars Rücker schon überprüft?«

»Nein, wer ist das?«, wollte die Ermittlerin wissen.

»So heißt Birgits Ex-Freund«, teilte die Studentin ihr mit. »Er ist ein richtiger Klammeraffe, der meiner Schwester immer noch nachtrauert. Rücker kann oder will nicht hinnehmen, dass sie die Beziehung schon vor einem Jahr beendet hat. Ich weiß nur, dass es öfter Ärger mit ihm gegeben hat. Ob er sich momentan auf Juist befindet, kann ich Ihnen leider nicht sagen.«

Antje hakte nach: »Gibt es eine neue Liebe im Leben Ihrer Schwester?«

Jule verneinte: »Davon ist mir nichts bekannt.«

Natürlich musste auch Brockstedt seinen Senf dazugeben: »Sollten Sie etwa nicht sorgfältig ermittelt haben, Frau

Fedder? Kann es sein, dass Ihnen dieser Fall über den Kopf wächst?«

Die Kommissarin warf ihm einen kalten Blick zu. Es war offensichtlich, dass dieser Kerl sie provozieren wollte. Dagegen gab es nur ein wirksames Mittel – nämlich gar nicht auf seine Sticheleien einzugehen.

»Danke für die Information, Frau Vinke«, sagte sie daher. »Ich melde mich, sobald es Neuigkeiten gibt.«

Sie verließ das Ferienhaus und fuhr zur Carl-Stegmann-Straße zurück. Als sie die Wache betrat, sah sie, dass ihr Kollege nicht allein war. Auf seinem Besucherstuhl saß ein ungefähr sechzigjähriger Mann mit grauem Knebelbart. Er trug eine weiße Jeans und ein rot-weiß gestreiftes T-Shirt. Auf seinen Knien balancierte er eine ebenfalls weiße Seemannsmütze. Roland blickte auf: »Gut, dass du kommst. Ich wollte dich gerade noch einmal anrufen. - Dieser Herr ist Bernd Kohlhoff, seine Segelyacht heißt *Windbirg*. Er hat soeben eine Sachbeschädigung zur Anzeige gebracht. Der Freizeitkapitän stand auf und gab der Polizistin die Hand. Nachdem Antje sich vorgestellt hatte, sagte der Kommissar: »Es wäre gut, wenn Sie meiner Kollegin noch einmal kurz berichten könnten, was Ihnen passiert ist.«

Kohlhoff nickte und begann: »Ich bin seit einigen Jahren im Ruhestand, meine Frau begleitet mich bei meinen zahlreichen Ausflügen. Wir leben inzwischen mehr auf dem Wasser als an Land. Unser Boot ist in Wilhelmshaven beheimatet. Wir machen momentan einen Segeltörn, bei dem wir alle ostfriesischen und westfriesischen Inseln besuchen wollen. Gestern haben wir gerade noch rechtzeitig mit der Flut Juist erreicht, bevor der Hafen trocken fiel. Heute nach dem Aufstehen bemerkte ich einen großen dunklen Fleck auf einem der Oberlichter. Ich ging an Deck – und da sah ich die Bescherung!«

Er zog sein Smartphone aus der Hosentasche und zeigte der Polizistin ein Foto. Auf das gläserne Objekt war eine beachtliche Menge Siegellack geträufelt worden – und darauf hatte der Täter das inzwischen wohlbekannte Motiv mit der Chimäre und den beiden Buchstaben gedrückt. Antje presste die Lippen aufeinander. Mit jeder neuen Meldung in diesem rätselhaften Fall verstärkte sich das mulmige Gefühl in ihrer Magengegend. Während sie das Bild betrachtete, sprach der Segler weiter: »Ich habe schon versucht, diesen Schandfleck zu entfernen. Aber das ist nicht möglich, das Oberlicht besteht aus Acrylglas und wurde durch den Siegellack irreparabel beschädigt. Diese Art Fenster kosten ein paar hundert Euro – ganz abgesehen davon, dass ein Spezialist sie auswechseln muss. Ich weiß nicht, wer auf Ihrer Insel solchen groben Unfug veranstaltet – aber ich wollte unbedingt Anzeige erstattet. Zum Glück bin ich gegen Vandalismus versichert, für die Schadensmeldung brauche ich aber eine Kopie der Strafanzeige.«

Dies war Antje natürlich auch bekannt. Sie fragte: »Wann haben Sie oder Ihre Gattin das Oberlicht zum letzten Mal in unversehrtem Zustand gesehen?«

Kohlhoff schien einen Moment lang nachzudenken, dann antwortete er: »Wir haben nicht darauf geachtet – es ist uns noch nie passiert, dass die *Windbirg* mutwillig beschädigt wurde. Gestern Abend sind wir ins *Piratennest* gegangen und haben dort eine Pizza gegessen. Gegen 21 Uhr waren wir wieder an Bord. Ich bin ziemlich sicher, dass um die Uhrzeit noch alles in Ordnung war.«

Die Kommissarin überlegte. Der kleine Juister Yachthafen war auch nachts einfach zu erreichen. Man benötigte keine besonders starke kriminelle Energie, um sich hineinzuschleichen. Gewiss, es gab Lampen, die bis zum Tagesanbruch brannten. Aber selbst wenn jemand sich auf den Stegen herumtrieb und dabei gesehen wurde – wer hätte schon beurteilen können, ob es sich um einen Verbrecher oder um einen harmlosen Gastsegler handelte? Die alteingesessenen Juister Mitglieder des Segelvereins kannten einander natürlich; aber gerade in den Sommermonaten besuchten auch viele auswärtige Skipper das »Töwerland«.

Roland hatte die Strafanzeige bereits aufgenommen und gab dem Bootsbesitzer eine Kopie: »Wir werden uns am Yachthafen umhören. Vielleicht haben andere Segler etwas Verdächtiges bemerkt. - Ihre Mobilnummer habe ich ja notiert. Wir melden uns, falls es noch weitere Fragen gibt.«

»Es wäre gut, wenn Sie den Lumpen erwischen«, sagte Kohlhoff zum Abschied. »Die Versicherung wird mir den Schaden ersetzen, aber den Ärger habe ich trotzdem – ganz abgesehen von dem Problem, einen Fachhandwerker zu finden.«

Nachdem der Skipper die Polizeistation verlassen hatte, sagte der Kommissar: »Allmählich geht mir dieser Siegel-Fetischist auf die Nerven. Wenn wir wenigstens ein Tatmotiv bei ihm erkennen könnten! Aber ich habe keinen blassen Schimmer. Vielleicht liegt das ja an meiner mangelnden Intelligenz.«

Antje schüttelte den Kopf: »Dann wären wir ja schon zwei Dumme! Ich habe inzwischen einen neunmalklugen Jüngling kennengelernt, der uns sofort grundsätzlich vorhandene Doofheit bescheinigen würde.«

Sie berichtete von den merkwürdigen Umständen ihrer Begegnung mit Brockstedt, Jule Vinke und den anderen Studenten. Ihr Kollege rollte mit den Augen: »So ein Lästermaul hat uns gerade noch gefehlt! Kannst du dir vorstellen, dass ein Mitglied dieses munteren Quartetts etwas mit der Siegelsache zu tun hat?«

»Theoretisch schon, obwohl ich auch keinen Grund für diese Aktionen erkennen kann«, erwiderte Antje. Sie fuhr fort: »Jule schien mir wirklich besorgt um ihre Schwester zu sein. Außerdem kommt es mir so vor, als ob sie und ihre Freunde mehr wissen, als sie mir gegenüber ausplaudern wollten. Wir müssten die junge Frau noch einmal befragen, wenn Brockstedt nicht dabei ist. Er scheint mir der Vorturner dieser kleinen Gruppe zu sein.«

»Warum haben die Studenten gemeinsam geschwiegen und sich freiwillig auf Reiskörner gekniet? Ich dachte immer, das wäre eine Foltermethode.«

»Ob dies wirklich ohne Gruppenzwang geschah, kommt mir höchst unwahrscheinlich vor«, sagte die Kommissarin. Sie ergänzte: »Die jüngere Schwester hat mir den Namen von Birgit Vinkes Ex-Freund genannt, er heißt Lars Rücker. Wir sollten überprüfen, ob er sich momentan auf der Insel befindet. Vielleicht ist ihm ja zuzutrauen, dass er die Frau verschleppt oder ihr etwas angetan hat. Und ich würde nicht davon ausgehen, dass es unbedingt einen Zusammenhang zwischen den Siegel-Straftaten und Birgit Vinkes Verschwinden gibt – wobei das Schicksal dieser Frau natürlich höchste Priorität hat.«

Während die Polizisten miteinander sprachen, verließen sie bereits die Wache und fuhren zum Rathaus hinüber. Dort befand sich die Hauptstelle der Touristeninformation. Da alle Juistbesucher ihren Gästebeitrag in Form der »Töwercard« entrichten mussten, konnten die Ermittler dort erfahren, wer sich aktuell auf der Insel befand – und wie seine Ferienadresse lautete. Die Mitarbeiter hatten Antje und Roland schon öfter bei ihren Ermittlungen unterstützt. Auch diesmal wurden die Kommissare schnell fündig: Ein Urlauber namens Lars Rücker hatte vor fünf Tagen sein Zimmer in der *Pension Schmoll* bezogen. Das war ein gemütlicher kleiner Beherbergungsbetrieb in der Gräfin-

Theda-Straße. Als sie dort ankamen, putzte der Inhaber Erik Schmoll gerade die Fenster. Er war ein sonnengebräunter Mann mit einem langen weißen Vollbart. In der Adventszeit trat er öfter als Weihnachtsmann auf, um für Bedürftige Geld zu sammeln. Er schaute die Polizisten durch die Gläser seiner randlosen Brille neugierig an: »Moin, wollt ihr zu mir? Keine Sorge, in meiner Pension hantiert niemand mit Siegellack. Darauf achte ich schon. Die Leute werden wirklich immer verrückter.«

Antje unterdrückte ein Seufzen. Sie musste sich nicht fragen, woher Schmoll von dem Einbruch in der *Pension Kreyenborg* wusste. Vermutlich hatte die Inhaberin es ihm und einigen anderen Insulanern in ihrer Aufregung gleich brühwarm erzählt. Neuigkeiten verbreiteten sich auf dem kleinen Eiland mit beachtlicher Geschwindigkeit. Die Polizistin sagte: »Erik, es geht um einen deiner Gäste – sein Name lautet Lars Rücker. Wir müssen dringend mit ihm sprechen.«

»Er ist gleich nach dem Frühstück fortgegangen, wahrscheinlich zum Strand. Wer könnte es ihm verdenken«, erwiderte der Pensionswirt und deutete auf den blauen Sommerhimmel.

»Hast du seine Mobilnummer?«, fragte Antje.

»Sicher, die könnt ihr kriegen. - Hat er etwas mit diesem Einbruch zu tun?«

Die Kommissarin tat einfach so, als ob sie Schmolls Frage nicht gehört hätte. Sie folgte ihm in das rote Backsteinhaus und ließ sich die Zahlenfolge diktieren. Dann bedankte sie sich und fuhr zusammen mit Roland davon. Als sie an der Strandpromenade angelangt waren, rief sie Rücker an. Eine raue Männerstimme ertönte. Im Hintergrund war das Kreischen von Möwen und das Brausen der Brandung zu hören.

»Ja?«

»Moin, ich bin Kommissarin Fedder von der Polizei Juist. Spreche ich mit Herrn Rücker?«

»Verschaukeln kann ich mich allein, du Nebelkrähe! Ich lege jetzt auf!«

»Das würde ich Ihnen nicht raten«, gab Antje scharf zurück. »Birgit Vinke ist spurlos verschwunden. Der Name sagt Ihnen etwas, nehme ich an. Wenn Sie nicht mit uns sprechen wollen, kann ich Sie auch vorladen. Das dürfte dann für Sie viel unangenehmer werden.«

Rücker hatte zuvor aggressiv geklungen, jetzt war er eher kleinlaut. Ob es ihn wirklich überraschte, dass seine Ex-Freundin vermisst wurde? Oder schockte es ihn, dass die Polizei sich so schnell bei ihm meldete?

»Was ist mit Birgit geschehen?«, stammelte er.

»Darüber möchten wir mit Ihnen sprechen«, stellte die Kommissarin klar. »Ich vermute, dass Sie am Strand sind. Ist Ihnen die Strandbar *Caipirinha Inn* bekannt? Dort können wir uns treffen.«

»Klar, das *Caipi* kenne ich, bin gerade nur ein paar hundert Meter davon entfernt. Ich komme dorthin.«

Mit diesen Worten beendete er das kurze Telefonat. Roland hatte über Lautsprecher alles mitgehört. Seine Miene verdüsterte sich: »Ich kann es kaum abwarten, den Kerl zu treffen, der meine Freundin eine *Nebelkrähe* nennt!«

»Halt dich zurück«, riet sie ihm lächelnd. »Erstens brauche ich keinen Ritter in schimmernder Rüstung, der mich beschützt. Und zweitens kann man es Rücker nicht wirklich übelnehmen, dass er zunächst so schroff reagiert hat. Du weißt selbst, wie viele Halunken sich am Telefon als Polizeibeamte ausgeben.«

»Das stimmt leider«, brummte ihr Kollege. »Wenn der Verdächtige uns sieht, dann wird er kapieren, dass wir echt sind.«

Die beiden ließen ihre Fahrräder an der Strandpromenade zurück und stapften durch den weichen Sand auf die Strandbar zu, die nur aus einer Bretterbude und einem Dutzend hölzerner Outdoormöbel bestand. Auch die Bezeichnung *Caipirinha Inn* war nach Antjes Meinung nicht wirklich zutreffend, denn die meisten Gäste gaben Bier und Kaffee den Vorzug. Immerhin bestand die theoretische Möglichkeit, sich den bekannten brasilianischen Cocktail mixen zu lassen. Als die Ermittler auf das *Caipi* zugingen, wurden sie bereits von einem kräftigen Mann in Hawaiihemd und knielangen Khakishorts erwartet. Er trat von einem Bein auf das andere, als ob er dringend zur Toilette müsste.

»Ich will mich zunächst bei Ihnen entschuldigen«, beteuerte er, »ich bin noch nie zuvor von einer echten Polizistin angerufen worden. Darum hielt ich es für einen schlechten Scherz.«

Rücker war schätzungsweise Mitte vierzig. Sein Teint deutete darauf hin, dass er viel Zeit an der frischen Luft verbrachte. Mit seinen grauen Augen und seinem kantigen Kinn war er ein durchaus attraktiver Mann, auch wenn er nicht Antjes Geschmack entsprach. Er wirkte nun zuvorkommend, beinahe unterwürfig. Weil er etwas zu verbergen hatte – oder sah er einfach keinen Sinn darin, die Polizei unnötig gegen sich aufzubringen. Sie stellte jedenfalls ihren Kollegen und sich selbst noch einmal vor, dann sagte sie: »Ich würde sagen: Schwamm drüber. Es gibt Wichtigeres zu besprechen, Herr Rücker. Uns interessiert zunächst, wann Sie Ihre Ex-Freundin Birgit Vinke zum letzten Mal gesehen haben.«

»Glauben Sie etwa, ich hätte etwas mit ihrem Verschwinden zu tun?«

Der Ex-Freund klang so überrascht, als ob diese Überlegung völlig abwegig wäre.

»Sagen Sie doch einfach, zu welchem Zeitpunkt das letzte Treffen stattgefunden hat. Oder sind Sie Birgit Vinke einfach nachgestiegen?«

Diese Sätze kamen natürlich von Roland. Er schaute Rücker direkt in die Augen. Der Verdächtige schüttelte den Kopf: »Es ist Monate her, dass Birgit und ich uns getrennt haben. Ich wusste noch nicht einmal, dass sie sich auch auf Juist befindet.«

Ob ihm selbst bewusst war, wie unglaubwürdig sich diese Behauptung anhörte?

»Wir haben gehört, dass die Trennung zwischen Ihnen und Ihrer Ex-Freundin nicht so reibungslos verlaufen ist«, sagte Antje. »Sie sollen immer noch sehr an ihr hängen.«

Rücker lächelte, wirkte aber nicht amüsiert: »Das ist ein böswilliges Gerücht. Ich weiß nicht, wer solche Unwahrheiten über mich verbreitet. Vielleicht Birgits neuer Freund? - Wie auch immer, wir haben uns wie erwachsene Menschen ganz vernünftig voneinander getrennt. Wenn Sie meine Ex-Freundin fragen, wird sie Ihnen dies gewiss bestätigen.«

Das werde ich tun, sobald ich sie finde, dachte die Kommissarin. Sie hakte nach: »Können Sie uns noch mehr über Ihren ‚Nachfolger' sagen, beispielsweise seinen Namen?«

»Den kenne ich nicht, Frau Fedder. Birgit ist diskret, sie hätte mir von sich aus bestimmt nicht mitgeteilt, dass es einen neuen Mann in ihrem Leben gibt. Ich habe die beiden zufällig gesehen, als ich in Hannover in meinem Auto an einer roten Ampel stand. Sie kamen gerade aus dem Landesarchiv und wirkten auf mich wie Liebende. Jedenfalls waren sie bestimmt keine Arbeitskollegen oder zufällige Bekannte.«

Landesarchiv? Das war ein Ort, an dem unter anderem jahrhundertealte Dokumente mit Siegeln aufbewahrt wurden. Ob das etwas zu bedeuten hatte? Während Antje über diesen Punkt nachdachte, warf Roland ein: »Womit verdient sich Birgit Vinke eigentlich ihren Lebensunterhalt?«

»Sie ist gelernte Hebamme. Ob sie momentan in dem Bereich arbeitet, weiß ich nicht«, lautete die Antwort.

»Und was machen Sie beruflich?«

»Ich bin selbständiger Handelsvertreter für Haarpflegeprodukte, Herr Witte. Meine Kunden sind hauptsächlich Frisörsalons. Das ist ein anstrengender Job, 12-Stunden-Tage sind keine Seltenheit. Deshalb gönne ich mir eine kleine Auszeit auf dieser wunderbaren Insel, um die Seele baumeln zu lassen.«

Rücker versuchte jetzt offenbar, sich in einem möglichst guten Licht darzustellen, nachdem er am Telefon zunächst so unfreundlich gewesen war. Für die Kommissarin stand momentan die Ungewissheit im Vordergrund, ob er etwas mit Birgit Vinkes Verschwinden zu tun hatte oder nicht.

»Können Sie den Begleiter Ihrer Ex-Freundin beschreiben?«, wollte sie wissen.

»Ich habe ihn ja nur kurz gesehen, Frau Fedder. Er ist ungefähr so groß wie ich und ebenfalls schlank. Er trägt einen Vollbart, sein Haar ist dunkelbraun. An dem Tag, als er mit Birgit aus dem Archiv kam, hatte er ein Tweed-Jackett und eine helle Hose an.«

»Ein Foto konnten Sie nicht zufällig schießen?«

Antjes Frage schien Rücker zu irritieren: »Halten Sie mich für einen Stalker? Wie gesagt, ich saß in meinem PKW. Im nächsten Moment sprang die Ampel auf Grün, und ich musste sowieso ...«

Der Ex-Freund beendete den Satz nicht, denn nun klingelte das Handy der Ermittlerin. Sie hatte die Rufumleitung aktiviert gehabt, als sie die Wache verließ: »Moin, Sie sprechen mit der Polizei Juist. Mein Name ist Fedder. Was können wir für Sie tun?«

»Bitte kommen Sie schnell! Hier liegt eine nackte Frau – sie ist wahrscheinlich tot!«

Kapitel 5

Die Stimme schien einem älteren Mann zu gehören. Im Hintergrund vernahm Antje einige weitere Menschen, die aufgeregt durcheinanderredeten. Ihr Puls beschleunigte sich, trotzdem versuchte sie ruhig zu bleiben: »Wo genau befinden Sie sich?«

»Wir sind Urlauber und machen gerade eine Wanderung im Naturschutzgebiet … hier ist ein Wegweiser. Darauf steht: *Zur Bill. Hammersee.*«

Die Kommissarin kannte sich auf ihrer Heimatinsel gut aus. Natürlich wusste sie, wo sich der größte Süßwassersee der Ostfriesischen Inseln befand. Das Gewässer war von einer sehr abwechslungsreichen Flora umgeben. Festlandbesucher waren oft erstaunt darüber, dass es auf Juist nicht nur Strand, sondern auch Wäldchen gab. Ein Wanderweg führte rund um den See. Die idyllische Landschaft eignete sich offenbar auch dazu, eine Leiche abzulegen. Antje fragte noch nach dem Namen des Anrufers. Er hieß Hans Zöllner.

»Mein Kollege und ich kommen gleich zu Ihnen. Bitte berühren Sie nichts.«

Mit diesen Worten beendete sie das kurze Telefonat. Rücker warf ihr einen neugierigen Blick zu: »Ging es um Birgit?«

Der Lautsprecher war jetzt nicht eingeschaltet gewesen. Dennoch konnte man nicht ausschließen, dass Rücker etwas von dem Anruf aufgeschnappt hatte.

»Wir haben einen Einsatz, mehr kann ich Ihnen jetzt nicht mitteilen. - Wir werden später gewiss noch einmal mit Ihnen sprechen müssen.«

Sie wandte sich von dem Ex-Freund der Vermissten ab und eilte zusammen mit Roland zu den Rädern, die sie an der Strandpromenade geparkt hatten.

»Was ist geschehen, Antje?«

»Uns wurde eine tote Frau in der Nähe vom Hammersee gemeldet.«

Darauf erwiderte der Polizist nichts. Seine Kollegin warf ihm einen Seitenblick zu. Sie bemerkte, dass sich seine Gesichtszüge verhärtet hatten. Vermutlich fragte er sich, ob es Birgit Vinke war, die leblos im Naturschutzgebiet gefunden worden war. Antjes eigene Gedanken gingen in dieselbe Richtung. Bevor die Ermittler sich Richtung Osten wandten, kehrten sie noch kurz zur Wache zurück. Roland holte eine Kunststoffplane, um den Leichnam damit abzudecken.

Der Hammersee war von der Carl-Stegmann-Straße aus mit dem Fahrrad innerhalb von zehn Minuten zu erreichen. Die beiden legten die Fahrt schweigend zurück. Ihnen war nicht nach einer Plauderei zumute. Und Spekulationen über die Identität des Opfers sowie die Todesursache brachten nichts. Außerdem hatte Hans Zöllner bei seinem Anruf nichts von einem Verbrechen erwähnt. Die Frau konnte auch auf natürliche Weise ums Leben gekommen sein. Es dauerte nicht lange, bis eine Gruppe von Wanderern in Sicht kam. Sie winkten den Polizisten aufgeregt zu. Antje bremste und stieg vom Rad. Ein Graukopf mit rotem Anglerhut kam auf sie zu: »Ich habe bei Ihnen angerufen, die Tote liegt dort drüben!«

Er deutete zu einer mit dichter Vegetation bewachsenen Mulde zwischen zwei Gründünen hinüber. Vom Wanderweg aus konnte man nur ein nacktes Bein sehen. Die Kommissarin hatte bereits Latexhandschuhe übergestreift, ihr Kollege tat das Gleiche.

»Bleiben Sie bitte hier auf dem Pfad, wir müssen Sie befragen.«

Nachdem die Polizistin dies gesagt hatte, eilte sie auf den Leichenfundort zu. Die tote Frau war nicht komplett unbekleidet, sondern trug einen bunten Bikini, der allerdings aus ziemlich wenig Stoff bestand. An ihrer Identität konnte es keinen Zweifel geben: Birgit Vinke lag vor ihnen. Die Ähnlichkeit zwischen dem Gesicht der Leiche und dem Foto im Personalausweis der Vermissten war nicht zu übersehen. Antje schaute sich den leblosen Körper genau an. Die Gliedmaßen waren verrenkt. Es sah so aus, als ob Birgit Vinke sich heftig zur Wehr gesetzt hätte. Es schien ein Kampf stattgefunden zu haben, Dünengras war mit der Wurzel herausgerissen worden. Als die Polizistin nähertrat, bemerkte sie Würgemale am Hals des Opfers. Außerdem erblickte sie blutige Kratzer auf den Armen. Es gab allerdings noch ein anderes Detail, das sie viel mehr beunruhigte: Auf den Bauch der Toten war Siegellack geträufelt worden, auf dem das inzwischen allzu bekannte Symbol mit der Chimäre und den Buchstaben prangte.

Antje machte einige Fotos davon, außerdem vom gesamten Körper und dem Gesicht des Opfers. Brauchbare Fußspuren ließen sich nicht sichern, dafür war der Untergrund zu locker. Roland rief einen der auf Juist praktizierenden Badeärzte an, damit er den Totenschein ausstellte. Die Obduktion musste im gerichtsmedizinischen Institut Oldenburg vorgenommen werden, das war auf der Insel nicht möglich. Der Mediziner versprach, umgehend zu erscheinen.

Nachdem der Kommissar telefoniert hatte, deckte er den Leichnam mit der Plane ab. Antje ging zu der Wandergruppe: »Moin, ich bin Kommissarin Fedder von der Polizei Juist. Teilen Sie mir bitte mit, wie es zu dem Leichenfund kam?«

Die Urlauber begannen damit, wild durcheinanderzureden. Schließlich bat Hans Zöllner um Ruhe und fasste die Informationen zusammen: »Wir hatten uns vorgenommen, einmal rund um den Hammersee zu laufen. Als wir aus

Richtung Ort kamen, bemerkte Sigrid das nackte Bein dort drüben. Ich muss gestehen, dass wir ursprünglich einfach nur empört waren. Hier ist doch überall Naturschutzgebiet, da darf man sich nicht einfach in die Dünen legen. Das ist eine grobe Rücksichtslosigkeit. Also wollten wir der Dame gehörig die Meinung sagen. - Wir konnten doch nicht ahnen, dass die Ärmste nicht mehr lebte!«

Die andere Zeugin namens Sigrid Koch ergänzte: »Ich war Krankenschwester, bevor ich in den Ruhestand ging. In meinem Berufsleben habe ich schon einige Tote sehen müssen. Nachdem ich bei der Frau keinen Puls mehr feststellen konnte, hat Hans sofort bei Ihnen angerufen.«

Die Kommissarin machte sich Notizen. Sie nickte und fragte: »Sind Ihnen Personen in der Nähe aufgefallen? Haben Sie etwas Verdächtiges bemerkt?«

Sowohl Zöllner als auch die übrigen Wanderer verneinten. Einer von ihnen sagte: »Ist es nicht seltsam genug, dass jemand die Frau mit Kerzenwachs verschandelt hat?«

»Das war kein Wachs, sondern Siegellack«, berichtigte Zöllner seinen Kameraden. Antje unterdrückte ein Seufzen. Alle diese Zeugen hatten offenbar das unverkennbare Detail auf der Leiche gesehen. Es war jetzt nur noch eine Frage der Zeit, bis die ganze Insel davon erfuhr. Dies würde zweifellos für Unruhe sorgen und die Polizeiarbeit erschweren. Die Kommissarin versuchte trotzdem, beruhigend auf die Anwesenden einzuwirken: »Es wäre gut, wenn Sie Ihre Beobachtungen nicht mit anderen Menschen teilen würden. Das wäre für meinen Kollegen und mich eine große Hilfe.«

»Der Mörder läuft also noch frei herum«, stellte Sigrid Koch fest. Ihrer Stimme war die Beunruhigung anzuhören, und auch die anderen Wanderer schienen sich nicht besonders wohl in ihrer Haut zu fühlen. Antje konnte sie verstehen. Die Feriengäste hatten sich ihren Ausflug ins Naturschutzgebiet zweifellos anders vorgestellt.

Roland war nicht untätig geblieben und hatte von ihnen allen die Namen und Telefonnummern aufgenommen. Wenig später erschien der Arzt am Leichenfundort. Antje hatte schon am Motorengeräusch gehört, dass er näherkam. Der Mediziner war mit seinem Auto so dicht wie möglich an den Wanderweg herangekommen und eilte nun zu Fuß auf die Gruppe zu. Die Kommissarin wollte dafür sorgen, dass er in Ruhe arbeiten konnte. Sie sagte deshalb zu den Wanderern: »Sie waren uns eine große Hilfe. Falls wir noch weitere Fragen haben, melden wir uns bei Ihnen.«

Die Gruppe entfernte sich schnell Richtung Hammersee. Roland schaute ihnen hinterher, er wirkte nachdenklich.

»Was geht dir durch den Kopf?«, wollte Antje wissen.

»Hätten wir Birgit Vinkes Tod verhindern können?«

»Mach dich nicht verrückt«, sagte die Polizistin nachdrücklich und legte ihre Hand auf seinen Unterarm. Sie fuhr fort: »Seit wir von dem Einbruch in ihrem Pensionszimmer erfahren haben, befassen wir uns ununterbrochen mit diesem Fall – und offenbar hängen alle Straftaten, bei denen dieses Siegel im Spiel ist, miteinander zusammen. Wenn wir herausbekommen, wer auf Juist überall das Siegel verteilt, dann finden wir auch den Täter.«

»Außer der Wimper in dem Siegellack an der Ferienhaustür haben wir jetzt auch noch die Kratzer an den Armen der Toten«, stellte ihr Kollege fest. »Mit etwas Glück lässt sich außerdem unter Birgit Vinkes Fingernägeln genetisches Material der Person nachweisen, mit der sie gekämpft hat. Und es gibt einen weiteren Verdächtigen, nämlich ihren neuen Freund.«

Antje war skeptisch: »Du meinst diese Archiv-Bekanntschaft? Hältst du den Ex denn für glaubwürdig?«

Roland schüttelte den Kopf: »Seit Rücker kapiert hat, dass du eine echte Polizistin bist, hat er Kreide gefressen wie der Wolf im Märchen. - Ob seine Behauptung stimmt, lässt sich aber auf jeden Fall überprüfen. - Die Benutzung des Landesarchivs ist nämlich kostenlos, man muss sich allerdings dort in eine Liste eintragen und begründen, weshalb man dort in den Akten forschen will.«

»Da kennt sich aber jemand gut aus!«, gab die Ermittlerin mit einem bewundernden Unterton in der Stimme zurück.

»Während der Polizeiausbildung waren meine Kollegen und ich einmal im Landesarchiv, um uns Unterlagen zu hundert Jahre zurückliegenden Mordfällen zeigen zu lassen«, erzählte er. »Das war spannend – Fingerabdrücke wurden auch damals schon dokumentiert, und die Ganoven tarnten sich vorzugsweise mit falschen Bärten und Perücken. Von Gesichtserkennungssoftware hätte die Polizei seinerzeit wohl noch nicht einmal geträumt.«

Bevor er weitersprechen konnte, kam der Arzt zu ihnen: »Grob geschätzt muss der Tod dieser Frau schon vor mindestens 24 Stunden eingetreten sein. Die Todesursache war die Unterbrechung der Sauerstoffzufuhr zum Gehirn. Sie werden die eindeutigen Spuren an Hals und Kehlkopf ebenfalls bemerkt haben.«

»Konnten Sie Hinweise auf weitere Straftaten finden?«, fragte Antje so ruhig, wie es ihr möglich war. Der Mediziner schien zu ahnen, worauf sie hinauswollte: »Auf den ersten Blick deutet nichts auf ein Sexualverbrechen hin, es fehlen die typischen Verletzungen. Ich habe hier vor Ort allerdings keine Möglichkeit, beispielsweise eventuelle Überreste von Sperma zu sichern. Die Kollegen in Oldenburg werden Ihnen aber eine genaue Analyse liefern können.«

Der Arzt stellte noch den vorläufigen Totenschein aus und verabschiedete sich. Während Antje mit ihm sprach, hatte Roland einen Transporteur angerufen, der den Polizisten schon öfter behilflich gewesen war. Er besaß ein Pferdefuhrwerk, mit dem die Tote zum Fährhafen gebracht werden konnte.

»Hinnerk spannt seine Zossen gleich an und macht sich auf den Weg hierher«, teilte der Kommissar seiner Kollegin mit, nachdem er das kurze Telefonat beendet hatte. Antje und Roland begannen schon mal damit, den Leichnam für die letzte Reise zum gerichtsmedizinischen Institut Oldenburg sicher in die Plane zu verpacken. Während sie dies taten, sprachen sie weiter über den Fall.

»Fest steht, dass Birgit Vinke gestern nach dem Frühstück zum Strand gegangen ist«, vergegenwärtigte sich die Polizistin. Sie ergänzte: »Dort muss etwas vorgefallen sein. Sie hat nicht nur ihr Smartphone, sondern auch ihr Portemonnaie und alle anderen Besitztümer einfach so im Sand liegen lassen. Aus welchem Grund?«

»Sie wollte vielleicht nur kurz eine Runde schwimmen«, schlug ihr Kollege vor, »aber dann ist ihr etwas – oder jemand – in die Quere gekommen. Ich glaube übrigens nicht, dass sie direkt am Strand attackiert worden ist. Nach dem Frühstück wird es schon zwischen 9 und 10 Uhr gewesen sein. Da sind viele Menschen schon in ihren Strandkörben oder auf ihren Badelaken. Es hätte also Zeugen gegeben, die dazwischengegangen wären oder uns alarmiert hätten. - Ich könnte mir eher vorstellen, dass Birgit Vinke spontan jemanden verfolgt hat, und zwar bis hierher.«

Antje erwiderte: »Damit bin ich einverstanden, aber warum hat sie nicht wenigstens ihr Smartphone mitgenommen? Das wäre sinnvoller gewesen, um im Notfall Hilfe rufen zu können.«

»Auf diese Frage fällt mir keine plausible Antwort ein«, musste Roland zugeben. Er fuhr fort: »Es könnte höchstens sein, dass sie sich von einer Person nicht abhängen lassen wollte. Wenn Birgit Vinke in der Nordsee geschwommen hat, war vielleicht keine Zeit, um zu ihrem Badelaken zurückzukehren und sich das Telefon zu schnappen. Also rannte sie hinter dem oder der Unbekannten her, bis es genau hier zur Konfrontation kam.«

Er zeigte auf den Boden.

»Du ziehst auch eine Täterin in Erwägung, Roland?«

»Das kommt auf die Person an«, lautete seine Antwort. »Um das Opfer erwürgen zu können, braucht man entweder viel Kraft oder eine große Portion Wut im Bauch. Oder beides. Eifersucht ist ein starkes Motiv, das für starke Emotionen sorgt. Angenommen, Rücker sagt die Wahrheit, und Birgit Vinke hatte wirklich einen neuen Freund. Vielleicht hat sie diesen Mann seiner Ehefrau ausgespannt, die daraufhin die einmalige Gelegenheit zur Abrechnung nutzt.«

»Die Art des Tötens spricht für eine spontane Tat, zumal man keine Mordwaffe benötigt«, dachte die Kommissarin laut nach, »aber wenn deine Annahme stimmt, muss das Opfer die Mörderin gekannt haben. Und wie passt der Siegellack zu dieser Vermutung?«

Er hob die Schultern: »Noch wissen wir viel zu wenig über die persönliche und berufliche Situation der Frau. War Birgit Vinke als Hebamme fest angestellt oder freiberuflich tätig? Wenn sie Kolleginnen hatte, dann werden die etwas mehr über sie wissen. Danach sollten wir uns bei ihrer Schwester erkundigen. Wir müssen ihr ohnehin die Todesnachricht überbringen. Und wir sollten bei der Gelegenheit gleich von ihr und der munteren Studentenriege DNA-Proben nehmen.«

Antje nickte. Sie konnte sich zwar nicht vorstellen, dass Jule ihre eigene Schwester erwürgt hatte – zumal momentan kein Tatmotiv zu erkennen war. Aber es wäre unprofessionell gewesen, eine enge Blutsverwandte bei den Ermittlungen einfach auszuklammern. Die meisten Tötungsdelikte ereigneten sich nämlich im persönlichen Umfeld des jeweiligen Opfers, wie die Polizistin wusste.

Und ob der neue Lebensgefährte nun wirklich existierte oder nicht – der Ex-Freund war nach Meinung der Kommissarin nach wie vor verdächtig. Sie sagte: »Rücker würde übrigens auch in deine Theorie passen, Roland. Wenn er heimlich seiner Verflossenen nachgereist ist, wird Birgit zunächst nichts von seiner Anwesenheit auf der Insel gewusst haben. Ich stelle es mir so vor: Sie fällt aus allen Wolken, als sie ihn plötzlich erblickt. Sie rennt aus dem Wasser, verfolgt ihn hierher und macht ihm die Hölle heiß: *‚Lass mich endlich in Ruhe oder ich zeige dich wegen Stalking an!‘* Die beiden kriegen sich in die Wolle, bei Rücker brennen die Sicherungen durch und er tötet seine Ex.«

»Eine glaubwürdige Darstellung, wenn da nur nicht das Siegel wäre«, gab der Polizist zu bedenken. Er sprach weiter: »Wir wissen nicht, ob es eine Verbindung zwischen Bogner – oder seinem Vermieter – und Kohlhoff gibt. Immerhin sind ja beide Herren zu Opfern des Siegelanbringers geworden. Aber bei Birgit Vinke hat der Täter gleich *zweimal* zugeschlagen, und zwar mit tödlichem Ausgang.«

»Es wäre gut, wenn wir sowohl das Siegel als auch den Siegellack finden könnten«, sagte Antje. »Aktuell wüsste ich allerdings überhaupt nicht, in wessen Räumen wir uns umschauen sollten. Ein Verdacht gegen eine bestimmte Person besteht ja noch nicht.«

Die Ermittler mussten ihren Gedankenaustausch zunächst unterbrechen, denn nun erschien der Kutscher Hinnerk. Er und Roland trugen die sterblichen Überreste des Opfers zu dem Pferdefuhrwerk, das der Spediteur unten an der Hammerseestraße zurückgelassen hatte. Die Kommissare bedankten sich für die Unterstützung. Die Zugtiere trabten an. Es war noch genug Zeit bis zur Abfahrt der Nachmittagsfähre Richtung Festland.

»Lass uns eine kleine Pause machen, bevor wir uns die Studenten vorknöpfen«, bat der Kommissar. Seine Kollegin hatte nichts dagegen einzuwenden. Sie hatte seit dem Frühstück nichts mehr zu sich genommen, und außerdem fieberte sie dem Überbringen der Todesnachricht nicht gerade entgegen. Die beiden fuhren in den Ort zurück und betraten wenig später *Frankies Grill* an der Strandstraße. Dort aßen sie meist zu Mittag. Antje bestellte sich eine Tagessuppe, ihr Kollege Backfisch mit Pommes frites. Während sie auf ihr Essen warteten, tranken sie Cola.

»Was ist eigentlich mit deinem Cousin?«, wollte die Kommissarin wissen.

»Wie meinst du das?«, murmelte Roland. Das Thema schien ihm unangenehm zu sein.

»Ich kenne dich inzwischen ganz gut«, behauptete sie. »Immer wenn es um Oliver geht, machst du ein Gesicht, als ob dir ein Weisheitszahn ohne Betäubung gezogen werden soll.«

»Jetzt übertreibst du aber«, gab er zurück. Doch da sie ihr Kinn auf die Hand gestützt hatte und ihn ununterbrochen erwartungsvoll anschaute, fuhr er fort: »Oliver gehört zur Familie. Du kennst wahrscheinlich die alte Redensart: Freunde kann man sich aussuchen, Verwandte nicht. Er und ich sind einfach grundverschieden, das ist alles. Ich wundere mich darüber, dass er überhaupt hier aufgekreuzt ist. Mein Cousin ist ein Partylöwe, der auf einer ruhigen Insel wie Juist eher fehl am Platz ist. - Wahrscheinlich langweilt er sich hier zu Tode und hält es noch nicht mal eine Woche auf dem ‚Töwerland‘ aus.«

Antje fand, dass der letzte Satz eher wie eine Wunschvorstellung klang. Nun war das Essen fertig, und sie wollte nicht länger auf dem Thema herumreiten. Die beiden ließen es sich schmecken. Nachdem sie gezahlt hatten, fuhren sie zum Ferienhaus der Studentengruppe. Roland klingelte an der Tür. Diesmal öffnete Brockstedt. Sein Blick wanderte von dem Kommissar zu dessen Kollegin, während ein Lächeln auf seinen Lippen erschien: »Oh, musste Frau Fedder Verstärkung anfordern? Waren wir etwa so furchteinflößend?«

Der Kerl geht mir wirklich auf den Wecker, dachte Antje. Roland stellte sich selbst vor und sagte: »Lassen Sie den Unsinn. Wir müssen dringend mit Jule Vinke sprechen.«

Brockstedt machte eine ironisch wirkende Verbeugung und gab die Tür frei. Aber wenigstens hielt er momentan den Mund. Er führte die Polizisten ins Wohnzimmer, wo die jüngere Schwester der Ermordeten mit verbundenen Augen hin und her irrte, während Svea Lang und Jannis Schweer ihr auswichen.

»Sind Sie nicht etwas zu alt, um *Blinde Kuh* zu spielen?«, fragte Roland.

»Dies ist eine Übung für Vertrauensbildung innerhalb der Gruppe, Herr Witte«, gab Brockstedt arrogant zurück, »falls dies Ihren Horizont übersteigt, ist das nicht unser Problem.«

»Lassen Sie meinen Horizont mal meine Sorge sein«, erwiderte der Kommissar. Er ließ sich nicht so leicht aus der Ruhe bringen. Und Antje sagte: »Frau Vinke, nehmen Sie bitte das Tuch ab. Mein Kollege und ich haben Ihnen eine Mitteilung zu machen.«

Die Studentin zog den dunklen Schal herunter, der ihr als Augenbinde gedient hatte.

»Gibt es Neuigkeiten von meiner Schwester?«, wollte sie wissen.

»Das geht Außenstehende nichts an«, machte Roland deutlich, wobei er auf Svea Lang, Brockstedt und Schweer deutete. Jule Vinke warf ihm einen trotzig wirkenden Blick zu: »Wir sind eine Gemeinschaft. Ich habe keine Geheimnisse vor den Anderen!«

Antje seufzte. Sie hatte kein Interesse an einer langen Diskussion. Außerdem sah sie keine Möglichkeit, die Hiobsbotschaft zu entschärfen: »Wir müssen Ihnen leider mitteilen, dass Birgit Vinke heute tot aufgefunden wurde. Wir gehen aktuell von Fremdeinwirkung aus – also von einem Tötungsdelikt.«

Noch während sie sprach, wich das Blut aus den Wangen der Studentin. Jule Vinke schnappte nach Luft wie ein Fisch auf dem Trockenen. Ihre Augen wurden feucht. Svea Lang nahm sie in die Arme, um sie zu trösten. Die Kommissarin ließ die beiden Frauen für den Moment in Ruhe und wandte sich an die beiden anderen Studenten: »Für unsere Ermittlungen benötigen wir von Ihnen eine freiwillige DNA-Probe.«

Brockstedt schüttelte den Kopf: »Ich bedaure, aber daraus wird nichts.«

Kapitel 6

Einen Moment lang war nur Jules leises Weinen zu hören. Sie hatte sich auf das Sofa sinken lassen und die flachen Hände vor das Gesicht geschlagen. Ihre Freundin saß neben ihr und strich ihr über den Rücken, wobei Svea Lang beruhigend auf sie einredete. Schweer verschränkte die Finger seiner Hände ineinander und schien sich nicht besonders wohl in seiner Haut zu fühlen. Brockstedt hatte als Einziger von den Studenten die Todesnachricht äußerlich ungerührt aufgenommen. *Vielleicht, weil er schon über Birgits Tod Bescheid wusste?,* überlegte Antje.

»Wir benötigen den genetischen Fingerabdruck von Ihnen und den übrigen Anwesenden für einen Abgleich mit Spuren an der Leiche«, erklärte Roland geduldig. »Falls Sie mit Birgit Vinkes Tod nichts zu tun haben, können wir Sie schnell als Verdächtigen ausschließen.«

»Das leuchtet mir durchaus ein«, gab der Student zurück, »aber wenn ich mich nicht irre, dann kam in Ihrem Satz das Wort *freiwillig* vor. Nun, und wir werden gewiss nicht mit unseren unverwechselbaren körperlichen Kennzeichen hausieren gehen. - Wenn Sie mit einem Gerichtsbeschluss kommen, dann weigern wir uns selbstverständlich nicht mehr.«

Roland blickte in die Runde: »Ich höre immer *wir*! Teilen Sie diese Ansicht oder haben Sie eine eigene Meinung?«

»Florian hat recht!«, beeilte sich Schweer zu versichern.

»Meine DNA bekommen Sie nicht«, betonte Svea Lang. Und selbst Jule blickte schniefend auf und murmelte: »Sie meinen es bestimmt gut – aber ich sehe keinen Sinn darin, Ihnen diese Probe zu überlassen.«

Brockstedt breitete die Arme aus und setzte ein Lächeln auf, das vermutlich entschuldigend wirken sollte, aber von Antje als triumphierend empfunden wurde.

»Wie Sie wünschen«, sagte sie mit kühlem Unterton in der Stimme. »Dann haben Sie wahrscheinlich auch etwas dagegen, wenn wir uns hier genauer umsehen?«

Natürlich war es Brockstedt, der die Frage beantwortete: »Sie vermuten richtig, Frau Fedder – das wäre nicht in Ordnung. Mein Vater ist Rechtsanwalt, er würde Ihnen sicher etwas dazu sagen, wenn ich ihn anrufe.«

Der Student unterstrich seine Worte, indem er sein Smartphone aus der Tasche zog und hochhielt.

»Das Telefonat können Sie sich sparen«, meinte Roland schlechtgelaunt. »Wir gehen jetzt. - Und vielen Dank für Ihre Kooperationsbereitschaft!«

»Jetzt ist aber jemand sauer«, hörte Antje Brockstedt halblaut zu seinen Freunden sagen, während sie zusammen mit Roland das Ferienhaus verließ. Draußen atmete ihr Kollege erst einmal tief durch, bevor er sich in den Sattel seines Fahrrads schwang.

»Freiwillig bekommt ihr Bullen von uns keinen feuchten Kehricht!«, gab der Kommissar von sich, wobei er die affektierte Sprechweise des Studenten nachäffte. Dann fuhr er mit seinem normalen Tonfall fort: »Wir hätten uns nicht ins Bockshorn jagen lassen dürfen, Antje. Bei Gefahr im Verzug können wir das Ferienhaus auch ohne Durchsuchungsbeschluss auf den Kopf stellen.«

»Das weiß ich selbst, Roland. Aber was hätten wir finden können? Gegenstände, die der Ermordeten gehören? Momentan sieht es nicht danach aus, als ob ihr etwas gestohlen worden wäre. Außerdem wohnt ihre Schwester mit den anderen Studenten zusammen. Jule könnte behaupten, dass Birgit ihr diese Dinge geliehen hätte.«

»Und was ist mit dem Siegel und dem Siegellack?«, gab Roland zu bedenken.

»Selbst wenn wir sie entdeckten – ein cleverer Strafverteidiger würde behaupten, dass es sich nicht um

Einzelstücke handeln muss. Außerdem – wie sollen wir beweisen, dass der Besitzer des Siegels auch der Mörder ist und Birgit Vinkes Körper gebrandmarkt hat?«

Der Polizist gab sich geschlagen: »Ich schätze, du hast recht. - Lass uns nach dem angeblichen neuen Freund des Opfers Ausschau halten. Die Hannoveraner Kollegen könnten schon mal die Benutzerliste des Landesarchivs durchgehen. Wenn der Name des Opfers dort auftaucht, können sie sich die männlichen Personen vornehmen, die an demselben Tag in den Räumen Akten gewälzt haben. Immerhin gibt es ja eine vage Beschreibung von Rückers Nachfolger – vorausgesetzt, er hat uns nicht angelogen.«

Das war eine gute Idee, wie Antje fand. Sobald die Kommissare wieder auf der Wache waren, rief sie beim Polizeipräsidium der Landeshauptstadt an, schilderte die Lage und bat um Amtshilfe. Ihr wurde versprochen, dass die Archivbenutzer gleich am nächsten Tag überprüft werden sollten. Währenddessen recherchierte Roland ebenfalls. Nachdem sie ihr Telefonat beendet hatte, sagte er: »Jule behauptet ja, dass Rücker ihrer älteren Schwester ständig Schwierigkeiten gemacht hätte und das Ende ihrer Beziehung nicht hinnehmen wollte. Das mag schon sein, aber sie hat ihn niemals angezeigt. Er ist auch ansonsten aus polizeilicher Sicht ein unbeschriebenes Blatt. Deshalb muss er natürlich nicht zwangsläufig unschuldig sein. Trotzdem sollten wir auch in Erwägung ziehen, ob Jule unseren Verdacht nicht bewusst auf ihn lenken wollte – um beispielsweise von Brockstedt abzulenken.«

Antje lehnte sich in ihrem Schreibtischstuhl zurück und dachte über seine Worte nach. Dann fragte sie: »Du hältst es für möglich, dass Jule den Mörder ihrer eigenen Schwester deckt?«

»Das ist nicht leicht zu begreifen, darüber bin ich mir im Klaren. Vor allem, weil wir erstmals mit ihr sprachen, als sie noch nichts von Birgits Tod wusste – jedenfalls wollte sie uns das glauben lassen. Noch ist uns nicht bekannt, wann die Frau erwürgt wurde. Aber ich halte es für möglich, dass Jule darüber schon Bescheid wusste, als wir zum Ferienhaus kamen.«

»Dann müsste sie aber eine sehr gute Schauspielerin sein«, meinte Antje. »Ihre Besorgnis kam mir jedenfalls echt vor.«

Der Kommissar zuckte mit den Schultern: »Das Gefühl kann sogar authentisch gewesen sein – allerdings hatte sie vielleicht eher Angst, dass wir Brockstedt als Mörder entlarven würden und sie aus diesem Grund beklommen wirkte.«

»Du und dieser Student werdet keine Freunde mehr, oder?«

Roland grinste und erwiderte: »Glaubst du, dass ich ihm etwas anhängen will, weil ich ihn nicht ausstehen kann? Es stimmt – der Kerl ist für mich wie ein rotes Tuch. Aber ich halte Brockstedt nicht deshalb für mordverdächtig – sondern, weil er die Gruppe mit seinen Psychospielchen zu seinen Gunsten manipuliert. Ach, was sage ich – das ist in meinen Augen keine Freundesclique, sondern fast schon eine Sekte. Und Brockstedt spielt den Oberguru!«

»Es stimmt – dieses Knien auf ungekochten Reiskörnern und die Episode mit Jules verbundenen Augen … als normal würde ich dieses Verhalten nicht betrachten«, gab seine Kollegin nachdenklich zurück. Sie fuhr fort: »Hinzu kommt sein heftiges Sträuben, als es um die DNA-Probe ging. Warum will er uns seinen genetischen Fingerabdruck nicht geben? Wahrscheinlich befürchtet er, dass wir Spuren von ihm in den Kratzwunden des Opfers finden.«

Roland ergänzte: »Und die Wimper im Siegellack an Bogners Ferienhaustür könnte auch von ihm stammen. - Schau doch mal nach, ob dieser charmante Jüngling schon einmal aktenkundig geworden ist.«

»Mit dem größten Vergnügen«, erwiderte seine Kollegin und ließ den Namen Florian Brockstedt durch die Datenbanken laufen.

»Ein interessantes Ergebnis«, sagte sie.

»Inwiefern?«

»Der Student wurde vor zwei Jahren schon einmal angezeigt, und zwar wegen Nötigung. Allerdings hat die Melderin später behauptet, sich geirrt zu haben und auf eine Strafverfolgung verzichtet. Da sich keine anderen Zeugen fanden, kam es zu keiner Anklageerhebung.«

»Wie kann man fälschlich annehmen, genötigt worden zu sein?«, rätselte Roland und beantwortete seine Frage gleich selbst: »Wahrscheinlich hat Brockstedts alter Herr sich die Frau vorgeknöpft und sie eingeschüchtert. Vielen Menschen rutscht ja das Herz schon in die Hose, wenn sie es mit einem Rechtsanwalt zu tun bekommen. Ganz unabhängig davon, ob sie sich etwas haben zuschulden kommen lassen oder nicht.«

»Da muss ich dir leider zustimmen«, gab Antje zurück. »Ich rufe die Betreffende einfach mal an. Inzwischen ist etwas Zeit verstrichen, vielleicht ist sie jetzt ja auskunftsfreudiger.«

Die Melderin hieß Maren Schmidt. Es dauerte nicht lange, bis die Kommissarin ihre Telefonnummer herausbekommen hatte. Die Ermittlerin schaltete den Lautsprecher ein, damit ihr Kollege mithören konnte. Das Freizeichen ertönte, dann war eine junge Frauenstimme zu hören.

»Schmidt.«

»Moin, ich bin Kommissarin Fedder von der Polizei Juist. - Frau Schmidt, Sie haben Florian Brockstedt vor zwei Jahren wegen Nötigung angezeigt ...«

Die Frau fiel Antje ins Wort. Sogar am Telefon konnte man ihre plötzliche Anspannung bemerken.

»Was wollen Sie von mir? Juist? Dort bin ich noch nie gewesen! Und meine Strafanzeige habe ich zurückgezogen! Weiß bei Ihnen die rechte Hand nicht, was die linke tut?«

»Beruhigen Sie sich bitte. Ich hatte nicht die Absicht, Sie aufzuregen«, versicherte die Ermittlerin und fuhr fort: »Es geht mir auch nicht um das damalige Delikt, jedenfalls nicht direkt. Es ist nur so, dass wir Herrn Brockstedt im Rahmen einer anderen Ermittlung kennengelernt haben. Darum möchte ich von Ihnen erfahren, was für ein Mensch er ist.«

»Ich habe ihn kaum gekannt, und damals war ich sturzbetrunken«, behauptete Maren Schmidt. »So kam es, dass ich ihn mit einem anderen Mann verwechselte und fälschlicherweise der Nötigung beschuldigte. Das ist alles Schnee von gestern. Ich lege jetzt auf, ich ...«

Nun war es die Polizistin, die ihre Gesprächspartnerin unterbrach: »Es geht um Mord, eine Frau wurde brutal erwürgt. Bitte helfen Sie mir!«

Daraufhin herrschte kurzzeitig Stille. Antje befürchtete schon, dass Maren Schmidt gleich das Telefonat beenden würde. Aber dann war ihre Stimme doch wieder zu hören: »Mord?«

»Ja, und deshalb benötigen wir so viele Informationen wie möglich. Erzählen Sie mir einfach, was Sie über Florian Brockstedt wissen.«

Die Frau seufzte und erwiderte: »Ja, wo soll ich anfangen? Er ist ein Mann, der einen tiefen Eindruck hinterlässt. Man möchte ihm jeden Wunsch von den Augen ablesen. Er hat es gar nicht nötig, aufdringlich oder penetrant zu werden. Die Herzen fliegen ihm nur so zu. Überall, wo er auftaucht, suchen die Leute seine Nähe.«

Das hört sich aber nicht so an, als ob er nur eine oberflächliche Bekanntschaft von ihr gewesen wäre, dachte Antje. Sie fragte: »Waren Sie in ihn verliebt?«

Wieder entstand eine längere Pause, dann kam die Antwort: »Ja, aber wir passten nicht zusammen. Das musste ich leider erkennen. Florian liebt Spielchen, Mutproben. Das ist nichts für mich. - Ich habe schon zu viel gesagt.«

Mutproben? Die Kommissarin musste wieder an die Reiskörner und die Augenbinde denken. Sie hätte zu gern gewusst, wie genau die Nötigung denn nun ausgesehen hatte, der Brockstedt sich vor zwei Jahren schuldig gemacht haben sollte. Aber sie spürte, dass Maren Schmidt nun keine weiteren Einzelheiten mehr preisgeben würde. Antje sagte: »Sie haben mir sehr geholfen. Falls Sie es sich anders überlegen und mir später noch mehr mitteilen möchten, können Sie mich jederzeit bei der Polizeidienststelle Juist erreichen.«

Maren Schmidt legte einfach auf.

»Jetzt haben wir also die Bestätigung, dass Brockstedt ein manipulativer Dreckskerl ist«, grollte Roland, »aber ein Mordmotiv kann ich bei ihm noch nicht erkennen. Allerdings könnten seine Spielchen, die er mit den Menschen in seiner Umgebung treibt, einen Hinweis liefern. Was hältst du von der Annahme, dass Birgit Vinke ihre jüngere Schwester von seinem schädlichen Einfluss fernhalten wollte? Brockstedt musste befürchten, dass Jule sich seiner Kontrolle entzieht – was für einen Kerl wie ihn einer tödlichen Beleidigung gleichkommt.«

»Gut, das wäre eine Möglichkeit«, gab Antje zustimmend zurück, »aber warum hätte Birgit am Strand alles stehen und liegen lassen sollen, um den Studenten zu verfolgen?«

»Vielleicht war er nicht allein, sondern gemeinsam mit Jule unterwegs«, schlug ihr Kollege vor. »Birgit hat ihrer Schwester vielleicht vorher schon ins Gewissen geredet, damit sie Brockstedt in den Wind schießt – *‚dieser Mann zieht dich in den Abgrund!‘* – und plötzlich muss sie feststellen, dass ihre Worte auf taube Ohren gestoßen sind.

Sie rennt hinter dem Pärchen her, konfrontiert die beiden – und Brockstedt rastet aus.«

»Jule unternimmt also nichts, um ihre ältere Schwester zu verteidigen oder Hilfe zu holen?«, fragte die Kommissarin skeptisch. »Normalerweise würde ich diese Annahme für hanebüchen halten, aber Brockstedt kann die Menschen offenbar höchst effektiv um den Finger wickeln. Und das Siegel hatte er also dabei, um sozusagen sein Revier zu markieren?«

»Ich wette, dass er auch für die anderen Straftaten in Zusammenhang mit dem Siegellack verantwortlich ist«, erwiderte Roland. »Wenn wir ihm eines dieser Delikte nachweisen können, lässt sich auch eine Verbindung zu den anderen herstellen. Und dann bekommen wir auch einen Durchsuchungsbeschluss für das Ferienhaus sowie einen Gerichtsbeschluss für die Herausgabe von DNA-Proben.«

Dein Wort in Gottes Ohr, dachte Antje. Aber ihr fiel momentan kein anderer erfolgversprechender Ermittlungsansatz ein. Sie sagte: »Zum Glück ist Brockstedt eitel genug, um in den sozialen Medien unzählige Fotos von sich selbst zu veröffentlichen. Ich drucke eine Porträtaufnahme von ihm aus. Und dann machen wir mit ganz klassischer Polizeiarbeit weiter.«

Die Kommissare begannen ihre Ermittlungen zunächst in der Frühstückspension von Marieke Kreyenborg. Sie zeigten der Inhaberin und den anwesenden Gästen das Bild des Verdächtigen. Die Wirtin kniff die Augen zusammen und betrachtete das Foto genau: »Das ist ja wirklich ein hübscher junger Bengel! Und der soll Einbrüche verüben? Das sieht man ihm gar nicht an.«

»Wir möchten nur erfahren, ob diese Person in den letzten Tagen hier in der Nähe aufgetaucht ist«, betonte die Polizistin. Marieke Kreyenborg kicherte, als ob Antje eine zweideutige Bemerkung gemacht hätte. Sie schüttelte den

Kopf: »Nein, an diesen jungen Mann könnte ich mich ganz bestimmt erinnern.«

Auch die anderen Anwesenden wollten den Studenten noch nicht gesehen haben. Sie kamen den Kommissaren glaubwürdig vor. Nach diesem Misserfolg fuhren sie Richtung Yachthafen.

»Brockstedt beeindruckt die Leute sogar, wenn sie nur ein Bild von ihm sehen«, maulte Roland. Seine Kollegin blinzelte und warf ihm einen Seitenblick zu: »Die Leute allgemein – oder die Frauen?«

»In erster Linie die Frauen, obwohl Jannis Schweer für seinen Freund bestimmt auch durch einen brennenden Reifen springen würde«, meinte der Polizist. Er fügte hinzu: »Ich könnte mir vorstellen, dass Brockstedt gern den Verführer spielt. Ob sein Kumpel nach seiner Pfeife tanzt oder nicht, ist ihm wahrscheinlich piepegal.«

Sie hatten die Wasserkante erreicht und stellten ihre Räder neben dem Parkplatz für die »Wippen« ab. So wurden auf Juist die Handkarren genannt, mit denen die Urlauber ihr Gepäck zu ihren Unterkünften schaffen konnten. Für schwerere Lasten organisierte man sich auf der autofreien Insel ein Pferdefuhrwerk. Die Ermittler gingen zunächst zum Stegwart und zeigten ihm die Aufnahme von Brockstedt. Weder dieser Zeuge noch die anwesenden Hobbykapitäne hatten Brockstedt schon einmal gesehen. Dies war nach Antjes Meinung durchaus glaubhaft. Falls der Student wirklich nur ein beliebiges Objekt gesucht hatte, um es mit Siegellack zu verzieren, dann war aufwändiges Auskundschaften nicht notwendig gewesen. Natürlich konnte es andererseits auch möglich sein, dass es eine Verbindung zwischen Brockstedt und dem Eigner der *Windbirg* gab, die den Polizisten noch nicht bekannt war. Die schnittige weiße Segelyacht war nicht zu übersehen. Sie war am Ende eines Stegs vertäut und dümpelte wie die anderen Boote vor sich hin. Die Wanten knarrten, das Wasser gluckste zwischen Anleger und Bordwand. Der Name war mit goldfarbenen Lettern am Bugende aufgemalt worden. Auf dem Vorderdeck hatte es sich eine Frau in einem knappen Bikini auf einem Badelaken bequem gemacht. Als die Kommissare vor dem Wasserfahrzeug stehen blieben, stemmte sie sich auf einen Ellenbogen hoch. *Kohlhoff hat gar nichts davon erzählt, dass er eine Tochter hat,* dachte Antje.

»Kann ich Ihnen helfen?«, fragte die Bikinischönheit. Die Kommissarin nannte zunächst Rolands und ihren Namen. Dann sagte sie: »Wir wollten eigentlich zunächst mit Herrn Kohlhoff sprechen ...«

»Mein Mann ist in den Ort gegangen, um einige Besorgungen zu machen.«

Gut, dass ich sie nicht nach ihrem Vater gefragt habe, dachte Antje und unterdrückte ein Grinsen. Sie sagte: »Eventuell können auch Sie uns weiterhelfen ...«

»Das tue ich gern, wenn ich kann«, versicherte die Frau und erhob sich aus ihrer liegenden Position. »Kommen Sie doch bitte an Bord.«

Das ließen sich beiden nicht zweimal sagen. Die Urlauberin stellte sich als Eva Kohlhoff vor. Sie bat die Kommissare auf das Achterdeck, wo einige Outdoormöbel standen.

»Möchten Sie eine Limonade?«

»Nein, danke, Frau Kohlhoff«, antwortete Roland. »Uns interessiert vor allem, ob Sie diese Person hier am Yachthafen gesehen haben.«

Mit diesen Worten zeigte er ihr ein Foto von Brockstedt. Sie schob ihre Sonnenbrille hoch. Dann nickte sie, wobei ihr Gesicht einen träumerischen Ausdruck annahm: »Ja, der war hier. Es muss gestern oder vorgestern gewesen sein.«

»Kennen Sie seinen Namen?«

»Nur den Vornamen, Frau Fedder. Er lautet Florian. Das Duzen ist hier am Hafen unter Seglern so üblich, wir sind alle eine große Familie. Da zählt nicht, wie alt man ist oder woher man kommt.«

»Der Mann hat sich Ihnen also als Skipper vorgestellt?«, hakte Roland nach.

»Nein, das nicht. Ich fragte ihn natürlich gleich, welches Boot ihm gehörte oder ob er bei Anderen mitfahren würde. Daraufhin sagte Florian, dass er einfach nur die ganze Insel erkunden wolle. Und dazu gehört eben auch der Yachthafen. Er interessierte sich für unser Boot und fragte mich, ob ich etwas mit ihm trinken gehen würde. Das war ein verlockendes Angebot, denn Florian ist ein interessanter und attraktiver Typ. Er hat doch hoffentlich nichts mit der Verschandlung unserer *Windbirg* zu tun? Das würde ich bedauern, weil ich ihn auf Anhieb sympathisch fand. Aber gerade deshalb wollte ich ihm keine falschen Hoffnungen machen.«

Kapitel 7

»Könnten Sie uns etwas mehr über diese Begegnung erzählen?«, bat Antje. Eva Kohlhoff antwortete lächelnd: »Ich war gerade dabei, das Deck zu schrubben, als Florian auf dem Steg spazierte. Wie gesagt, er flirtete sofort mit mir.«

Diese Aussage passte zu dem Eindruck, den die Kommissarin von dem Studenten hatte. Er verstand sich offenbar erstklassig darauf, Frauen in seinen Bann zu schlagen. Nur bei Eva Kohlhoff war er abgeblitzt – vorausgesetzt, dass sie bei der Wahrheit blieb. Während der Ermittlerin diese Überlegungen durch den Kopf gingen, sprach die Zeugin weiter: »Florian lächelte mir zu und fragte, ob er mich nicht noch umstimmen könne. Doch in diesem Moment kehrte Bernd zurück. Mein Mann hatte sich mit dem Stegwart unterhalten und kam nun wieder an Bord, um mir beim Reinigen zu helfen. Es ist nämlich keineswegs so, dass Bernd nur am Steuerrad stehen würde und alle ‚niederen' Arbeiten mir überließe. Florian wünschte uns jedenfalls noch einen schönen Tag und setzte seine Inselerkundung fort.«

Und später kehrte er im Schutz der Dunkelheit zurück, um sich mit einem Siegel für die Zurückweisung zu rächen, dachte Antje. Allerdings hatte sie noch keine Ahnung, wie sie dies beweisen sollte. Wenig später erschien auch Kohlhoff auf der Bildfläche, der mit einem Leihrad zum Frischemarkt im Ort gefahren war. Auch der Skipper konnte sich an die Begegnung mit Brockstedt erinnern: »Ja, der junge Mann hat sich mit Eva unterhalten. Er verabschiedete sich dann aber schnell, vielleicht hatte er noch etwas vor.«

Roland hakte nach: »Haben Sie ihn bei anderen Gelegenheiten im Yachthafen gesehen?«

»Nicht dass ich wüsste. - Glauben Sie, dass er mein Oberlicht beschädigt hat? Das kann ich mir beim besten Willen nicht vorstellen. Er wirkte so freundlich und wohlerzogen – ich wünschte mir, dass alle Menschen seiner Generation so wären.«

Die Polizisten verabschiedeten sich von dem Ehepaar, um nach weiteren Zeugen Ausschau zu halten.

»Ich wäre auch gern so beliebt wie dieser Psycho-Manipulator«, meinte der Kommissar mit einem schiefen Grinsen, als sie außer Hörweite der Kohlhoffs waren.

»Du bist doch auch ein gefragter Typ«, meinte Antje mit einem unschuldig wirkenden Augenaufschlag. »Ich erinnere mich an unsere erste Begegnung, als du nach Juist versetzt wurdest und wir den Fall mit den gebrochenen Herzen aufklären mussten. Da hast du doch noch auf der Fähre nach Damenbekanntschaften gesucht.«

»Also, so ist das ganz und gar nicht gewesen«, verteidigte Roland sich. »Diese Urlauberin hat sich mir doch förmlich an den Hals geworfen. - Außerdem habe ich sie später nie wiedergetroffen. - Verschaukelst du mich gerade?«

Ihm war nämlich das breite Lächeln auf ihrem Gesicht nicht entgangen. Antje musste zugeben, dass ihr erster Eindruck von ihrem neuen Kollegen ganz und gar nicht positiv gewesen war. Vor allem, weil sie sich durch die Polizeileitung gegängelt fühlte. Vor Rolands Ankunft hatte sie nämlich auf dem »Töwerland« ganz allein für Recht und Ordnung sorgen müssen. Allerdings waren ihre Gefühle für ihn nach und nach immer stärker geworden. Inzwischen konnte sie sich nicht mehr vorstellen, ohne ihn auskommen zu müssen.

»Sei froh, dass du nicht so ein Blender wie Brockstedt bist«, sagte sie, »denn dann würdest du mir gewiss nicht gefallen. - Nun ist aber erst einmal Schluss mit dem

Süßholzraspeln. Ich möchte gern Lars Rücker das Foto des Studenten unter die Nase halten.«

»Birgit Vinkes Ex-Freund?«, vergewisserte Roland sich verwundert. »Aber der ist doch selbst verdächtig.«

»Darüber bin ich mir im Klaren, aber ich will einfach seine Reaktion erleben. Und wir sollten ihm gegenüber die Siegel nicht erwähnen. Es handelt sich um Täterwissen. Wenn wir Glück haben, verrät er sich selbst.«

»Wir können uns den Herrn gern noch einmal zur Brust nehmen«, erwiderte ihr Kollege, »aber das *Täterwissen* würde ich inzwischen mit einem Fragezeichen versehen. Es gibt doch inzwischen etliche Unbeteiligte, die von den verschiedenen Siegelaktionen wissen – denk nur an die gesamte Wandergruppe, deren Mitglieder alle die Leiche gesehen haben können.«

»Ja, auf Juist machen Neuigkeiten schnell die Runde«, stellte die Polizistin fest. Dann nahm sie telefonisch Kontakt mit Rücker auf: »Moin, hier spricht noch einmal Kommissarin Fedder. Wir haben eine weitere Frage an Sie, daher möchten wir Sie erneut treffen … ah, Sie sind noch im *Caipi*?! Gut, dann kommen wir dorthin.«

»Er hängt also nach wie vor in der Strandbar herum«, sagte Roland. »Hoffentlich ist er nicht sternhagelvoll, dann können wir nämlich seine Aussage nicht verwenden.«

»Das ist mir auch klar. Abwarten und Tee trinken«, erwiderte Antje. Die beiden fuhren zum Strand zurück. Das *Caipirinha Inn* war gut besucht, was angesichts des schönen warmen Wetters nicht verwundern konnte. Rücker hatte es sich in einem der Liegestühle bequem gemacht, die zu dem Lokal gehörten. Auf der Holzkiste neben ihm stand zwar ein halb leeres Bierglas, doch er wirkte keineswegs benommen oder angesäuselt. Als er die Beamten erblickte, sprang er auf. Offenbar hätte er es als unhöflich empfunden, in ihrer Gegenwart in seiner Sitzgelegenheit zu lümmeln. Die

Polizisten mussten nämlich stehen bleiben, weil alle anderen Plätze besetzt waren.

»Wir wollen Ihre Zeit nicht unnötig lang in Anspruch nehmen«, teilte die Kommissarin ihm einleitend mit, »es geht uns nur darum, ob Sie diesen Mann schon einmal gesehen haben.«

Sie zeigte ihm die Aufnahme von Brockstedt. Rücker nickte: »Ja, gewiss. Das ist der Freund von Birgits jüngerer Schwester Jule. Ich glaube, er heißt Florian.«

*

Antjes Puls beschleunigte sich. Jule und Brockstedt waren also ein Liebespaar? Die Ermittlerin führte sich vor Augen, dass der Student vermutlich mit mehreren Frauen Affären gehabt hatte. Doch wenn es eine enge gefühlsmäßige Bindung zwischen ihm und der jüngeren Schwester des Opfers gab, dann stellte dies tatsächlich ein plausibles Mordmotiv dar. Die Kommissare hatten ja bereits vermutet, dass Birgit sich zwischen Jule und Brockstedt stellen wollte.

»Wann haben Sie den Mann zum letzten Mal gesehen?«, fragte Roland direkt.

»Das muss schon Monate her sein, Herr Witte. Ich war damals noch mit Birgit zusammen. Als ich einmal bei ihren Eltern zum Kaffeetrinken war, kamen Jule und Florian kurz vorbei. Die zwei sind doch ein süßes Paar, finden Sie nicht? Er wird doch nicht etwas mit Birgits Verschwinden zu tun haben?«

Antje atmete tief durch und erwiderte: »Leider müssen wir Ihnen mitteilen, dass Ihre Ex-Freundin nicht mehr lebt. Wir gehen von einem Gewaltverbrechen aus.«

Rücker riss die Augen auf: »Birgit – ist tot? Und Florian steckt hinter diesem Verbrechen?«

»Das wissen wir noch nicht«, stellte die Polizistin klar. »Deshalb überprüfen wir alle Personen, die Birgit Vinke gekannt haben könnten. An der Leiche wurden Spuren sichergestellt, die vom Täter stammen könnten. Daher möchten wir Sie bitten, uns freiwillig eine DNA-Probe zu überlassen.«

»Selbstverständlich – allein schon, damit Sie mich ausschließen können. Ich habe nämlich nichts zu verbergen!«, beteuerte Rücker. Er trank schnell sein Bier aus, um den Ermittlern zur Wache folgen zu können. Antje warf ihm einen skeptischen Seitenblick zu. Für ihren Geschmack nahm er den Tod seiner Ex-Freundin ein wenig zu gefasst auf. Gewiss, jeder Mensch trauerte anders. Außerdem hatte er sich gefühlsmäßig vielleicht schon von Birgit gelöst, wenn die beiden wirklich als Freunde auseinandergegangen waren. Inzwischen betrachtete die Kommissarin auch Jules belastende Angaben über Rücker in einem anderen Licht. Hatte sie den Verdacht auf den Ex-Freund lenken wollen, um dadurch von Brockstedt abzulenken? Außerdem: Nach den Aussagen des Ehepaars Kohlhoff konnten die Ermittler nun einen möglichen Grund erkennen, weshalb Brockstedt die Yacht mit Siegellack beschädigt hatte. Bei Rücker hingegen gab es noch keinen Hinweis darauf, dass er mit einem Stempel hantierte. Aber reichte dieser vage Zusammenhang aus, um den Studenten zu verdächtigen? Jeder halbwegs fähige Strafverteidiger würde konkrete Beweise fordern – und zwar mit Recht. Dass Brockstedts Vater Jurist war, machte die Sache nicht einfacher. Während der Kommissarin diese Überlegungen durch den Kopf schwirrten, hatten sie die Polizeistation erreicht. Rücker öffnete brav den Mund. Roland entnahm mit einem Wattestäbchen eine DNA-Probe und tat sie in ein Kunststoffröhrchen, das er mit dem Namen des Verdächtigen beschriftete.

»Falls Sie noch etwas von mir benötigen, lassen Sie es mich bitte wissen.«

Mit diesen Worten verabschiedete Rücker sich von den Beamten.

»Da wir den genauen Todeszeitpunkt noch nicht kennen, konnten wir uns nicht nach seinem Alibi erkundigen«, dachte Antje laut nach.

»Das können wir immer noch nachholen«, erwiderte Roland, »aber mein Hauptverdächtiger heißt momentan Florian Brockstedt. Ich weiß bloß noch nicht, wie wir ihm die Tat nachweisen sollen.«

Kapitel 8

Da es keine weiteren brauchbaren Zeugenaussagen gab, machten die Kommissare nun Feierabend.

»Mein Cousin hat mir auf die Mailbox gesprochen, er möchte mich heute Abend treffen«, murmelte Roland. Seinem Gesichtsausdruck war anzusehen, wie wenig ihn diese Aussicht erfreute.

»Wir werden doch wahrscheinlich zu Papa in die *Juister Kajüte* gehen«, erwiderte Antje. »Du könntest Oliver von seinem Hotel abholen und mitnehmen, dann treffen wir uns dort.«

»Ja, das ist wohl das Beste«, gab er ohne eine Spur von Begeisterung in der Stimme zurück. »Ich gehe jetzt erst heim und ziehe mich um.«

Obwohl die beiden ein Liebespaar waren, wohnten sie nicht zusammen. Antje lebte in der Dienstwohnung, die sich direkt über dem Wachlokal im ersten Stock des Gebäudes befand. Und ihr Freund hatte seine Zelte als Dauergast in einer Frühstückspension in der Nähe aufgeschlagen. Sie fanden es beide wichtig, einen privaten Rückzugsraum zu haben, da sie auch jeden Tag gemeinsam verbrachten. Auch die Polizistin wollte ihre blaue Uniform gegen Freizeitkleidung tauschen. Sie ging ins Obergeschoss und duschte zunächst. Doch das warme Wasser konnte die ungeklärten Fragen rund um den Mordfall nicht wegwaschen. Es war nur eine Frage der Zeit, bis die Juister Bürgermeisterin Silke Meester von dem Gewaltverbrechen Wind bekam. Sie war gleichzeitig die Freundin von Antjes Vater Tjark, so dass die Kommissarin in ihr inzwischen eine Art Stiefmutter sah. Das Verhältnis der beiden Frauen zueinander war mit der Zeit besser geworden, aber die Amtsträgerin steckte ihre Nase immer noch zu tief in Polizeiangelegenheiten, wie Antje fand. Dies galt besonders bei Mordfällen, durch die Silke Meester den Ruf des »Töwerlands« gefährdet sah.

Ich sollte nicht die Pferde scheu machen, vielleicht hält sie sich ja diesmal zurück, dachte die Kommissarin, nachdem sie sich abgetrocknet hatte und in frische Wäsche sowie ein bunt bedrucktes knielanges Sommerkleid schlüpfte. Außerhalb des Dienstes trug sie ihr schulterlanges blondes Haar gern offen. Sie schnappte sich ihre Handtasche, verließ die Wache und schlenderte durch die Warmbadstraße auf die Strandpromenade zu.

Antje hätte den schönen Sommerabend noch mehr genießen können, wenn die Ermittlungen nicht in einer Sackgasse gesteckt hätten. Sie benötigte unbedingt auch die genetischen Fingerabdrücke der Studentengruppe – aber wie sollte sie diese Vergleichstests beschaffen? Falls sich Rückers DNA nicht an der Leiche befand, konnte man den Ex-Freund als Tatverdächtigen nahezu ausschließen, und dann würde sich die Herausgabe der Speichelproben per Gerichtsbeschluss vielleicht doch erzwingen lassen. Antje seufzte. Sie nahm sich vor, für den Rest des Abends nicht mehr über den aktuellen Fall nachzudenken. Gleichzeitig wusste sie, dass dies für sie wahrscheinlich unmöglich war. Solange ein Mörder auf der friedlichen Insel frei herumlief, konnte sie ihre innere Ruhe nicht wiederfinden.

An dem lauen Sommerabend spazierten viele Urlauber auf der Strandpromenade, und auch die Tische im Außenbereich der *Juister Kajüte* waren ausnahmslos besetzt. Antjes Vater hatte nach seinem Renteneintritt das Lokal gekauft, um eine neue Laufbahn als Gastwirt zu beginnen. Der Schankraum war mit zahlreichen Andenken an sein Arbeitsleben als Seemann dekoriert. Tjark Fedder kannte alle Weltmeere aus eigener Anschauung, aber nun wollte er seinen Lebensabend auf seiner Heimatinsel genießen. Seine Augen leuchteten, als Antje die Gaststätte betrat. Drinnen waren weniger

Besucher als auf der Terrasse, denn draußen konnte man den Sonnenuntergang über der Nordsee einfach besser beobachten. Die Polizistin ging zur Theke, stemmte sich an der Kante hoch und gab ihrem Vater einen Kuss auf die Wange.

»Moin, Schatz! Wie schön, dich zu sehen! Wo hast du denn deine ‚bessere Hälfte' gelassen?«, fragte Tjark Fedder freundlich blinzelnd. Die Kommissarin rutschte auf einen Barhocker und antwortete: »Roland holt seinen Cousin ab, der momentan hier Urlaub macht. Die beiden wollen auch hierherkommen.«

Ihr Vater begann damit, Bier in ein Glas laufen zu lassen: »Wie schön, dann lerne ich *diesen* Teil der Familie auch mal kennen!«

»Wo ist eigentlich deine Liebste?«, fragte Antje und schaute sich im Lokal um.

»Silke will erst noch ihren Haushalt in Schuss bringen, später wird sie uns dann auch Gesellschaft leisten«, erwiderte Tjark Fedder. Die Kommissarin war bisher erst wenige Male bei der Bürgermeisterin daheim gewesen. Trotzdem konnte sie sich nicht vorstellen, dass dort auch nur die geringste Unordnung herrschen würde. Die Amtsträgerin war eine Perfektionistin, was sich nicht nur bei ihrer Tätigkeit im Rathaus, sondern auch privat zeigte. Vermutlich hätte Silke Meester sich eine Haushaltshilfe leisten können – aber erstens herrschte auf Juist genau wie auf den anderen Ostfriesischen Inseln Arbeitskräftemangel, und zweitens konnte Antje sich keine »Perle« vorstellen, die den Ansprüchen der Bürgermeisterin gerecht werden würde. Insgeheim war die Kommissarin froh, dass Silke Meester momentan noch durch Abwesenheit glänzte. Sie konnte sich nämlich lebhaft vorstellen, dass die Nachricht von Birgit Vinkes Tod der Bürgermeisterin bereits zu Ohren gekommen war. Daher wappnete Antje sich innerlich bereits dafür, dass sie ihr wieder auf die Nerven gehen würde, weil der Mörder nicht schon innerhalb einer Stunde nach Tatausführung verhaftet worden war.

Bevor ihre Laune sich verschlechtern konnte, betraten zwei Männer die *Juister Kajüte*. Einen von ihnen kannte sie natürlich, nämlich ihren Freund. Auch Roland trug jetzt nicht mehr die Uniform, sondern Jeans und ein blau-weiß gestreiftes Hemd mit kurzen Ärmeln. Bei seinem Begleiter musste es sich um Oliver handeln. Der Cousin war ungefähr so groß und ähnlich muskulös wie der Kommissar, doch sein Haar war heller und gewellt. Antje glaubte, zwischen den beiden eine gewisse Familienähnlichkeit feststellen zu können, aber vielleicht war das nur Einbildung. Olivers Kleidung bestand aus einem violetten Freizeitanzug einer Designermarke. Die Ärmel hatte er bis zum Ellenbogen hochgeschoben. *Wahrscheinlich, damit jeder seine Armbanduhr sehen kann,* dachte die Kommissarin, wobei sie ein Schmunzeln unterdrückte. Sie hatte einen Blick für Wertsachen – unabhängig davon, ob diese von Damen oder Herren getragen wurden. Außerdem hatte sie erst vor kurzem eine Mitteilung des Landeskriminalamts in Händen gehabt, in der es um den Diebstahl einer Uhrensammlung von genau dieser Marke ging. Daher wusste Antje, dass Oliver für seinen Zeitmesser einen fünfstelligen Betrag hingeblättert haben musste – falls es sich nicht um ein Imitat handelte. Der Gang des Cousins erinnerte sie an den eines Cowboys aus einem alten Westernfilm. Die zwei Männer kamen auf sie zu: »Antje, ich möchte dir Oliver vorstellen. - Oliver, das ist meine Freundin und Kollegin Antje Fedder.«

Der Cousin zeigte ein strahlendes Zahnpasta-Lächeln. Und bevor die Kommissarin wusste, wie ihr geschah, hatte er sie umarmt und auf die Wange geküsst. Eine so stürmische Begrüßung war sie als zurückhaltende Inselfriesin nicht gewohnt. Ihr Vater spürte natürlich, wie unangenehm ihr die Situation war.

»Moin! Und ich bin Tjark, Antjes Vater!«

Mit diesen Worten streckte der Gastwirt über den Tresen hinweg Oliver seine Rechte entgegen. Der Cousin schlug ein, was er vermutlich sofort bereute. Der ehemalige Seemann hatte sein Leben lang körperlich gearbeitet, und entsprechend fest war sein Händedruck. Und da er Oliver offenbar auf Anhieb unsympathisch fand, setzte er wohl seine ganze Kraft ein. Der Cousin lief im Gesicht knallrot an, was gewiss nicht an der Wärme im Schankraum lag.

»Ist gut jetzt, Papa«, mahnte Antje. Tjark Fedder ließ die Hand los und widmete sich wieder seinen Zapfhähnen: »Ihr wollt doch bestimmt auch ein Bier, das geht aufs Haus.«

Oliver starrte seine Hand an, als ob er sie zum ersten Mal sehen würde. Immerhin schien er die Finger noch bewegen zu können.

»Hier auf der Insel geht es scheinbar hart, aber herzlich zu«, brachte er röchelnd hervor. Die Kommissarin streckte ihren Arm Richtung Roland aus. Er gesellte sich zu ihr, und sie legte ihren Kopf demonstrativ an seine Schulter – damit Oliver gar nicht erst daran zweifelte, wem ihr Herz gehörte. Obwohl sie ihn nicht für einen Mann hielt, der sich von solchen eindeutigen Botschaften stoppen ließ. Der Cousin lehnte sich gegen die Theke. Während der Schmerz in seiner Hand vermutlich nachließ, schien er seine Forschheit zurückzugewinnen: »So, und ihr beiden Hübschen seid also die ‚Dorfsheriffs' auf dieser Insel. Das ist bestimmt ein gemütlicher Job, oder? Es sieht mir nicht so aus, als ob hier jemals etwas Schlimmes geschehen könnte.«

»Im Sommer ist etwas mehr los«, gab Roland zurück, wobei er sich bewusst vage ausdrückte, »aber die Arbeit ist zu bewältigen.«

»Darauf möchte ich wetten! Ihr schiebt hier bestimmt eine ruhige Kugel und müsst nur aufpassen, dass ihr nicht vor lauter Langeweile Spinnweben ansetzt«, spottete Oliver. Antje konnte es nicht ausstehen, wenn sich jemand abfällig über ihre Tätigkeit äußerte. Sie war mit Leib und Seele Polizistin. Natürlich erkannte sie, dass Rolands Cousin nur provozieren wollte. Vielleicht war er auch einfach nur enttäuscht, weil sie auf seine Avancen nicht sofort eingegangen war – oder weil ihr Vater dazwischengefunkt hatte. Sie empfand Olivers Gesellschaft jedenfalls schon nach wenigen Minuten als unangenehm. Doch bevor sie sich aus der Situation herauswinden konnte, klingelte das Festnetztelefon des Lokals. Tjark Fedder nahm den Hörer ab, nachdem er Biergläser für Antje, Roland und Oliver auf den Tresen gestellt hatte: »Moin, hier ist die *Juister Kajüte*. Sie sprechen mit Tjark Fedder. - Ach, du bist es, Silke. Wie, Probleme mit dem Siphon? Die halbe Küche steht unter Wasser? Ach du Schande! Nee, ich kann hier jetzt unmöglich weg, die Bude ist voll. Aber mir fällt etwas ein, ich ruf dich gleich zurück.«

Antjes Vater beendete das Telefonat und wandte sich an Roland: »Du hast doch Silke neulich bei der Installation ihrer neuen Spüle geholfen, richtig?«

»Ja, genau. Bevor sie wochenlang auf einen Handwerker warten muss, bot ich ihr an, die Küchenmöbel zu installieren.«

»Mit den Anschlüssen scheint jedenfalls etwas nicht zu stimmen, in ihrer Küche herrscht jetzt Land unter. Könntest du gleich mal bei ihr vorbeischauen, bevor es noch übler wird?«

»Ja, selbstverständlich!«, versicherte der Kommissar und eilte zum Ausgang, ohne sich zu verabschieden. Antje konnte nachvollziehen, wie es ihm ging. Wahrscheinlich zerbrach er sich den Kopf darüber, ob der Schaden aufgrund seiner fehlerhaften Installation entstanden war. Sie konnte nicht beurteilen, ob dies zutraf. Ihr wurde nur bewusst, dass sie jetzt für Olivers Unterhaltung würde sorgen müssen. Zum Glück war Tjark in der Nähe, daher würde der Cousin sich mit weiteren Frechheiten hoffentlich zurückhalten. Als Polizistin konnte sie sich natürlich auch selbst ihrer Haut wehren. Aber sie wollte den Abend eigentlich nicht ausklingen lassen, indem sie einen Verwandten ihres Freundes in die Arrestzelle steckte. Ihr Vater rief jedenfalls seine Freundin an und teilte ihr mit, dass Roland schon auf dem Weg zu ihr sei.

Wenig später betrat eine sechsköpfige Urlaubergruppe den Schankraum und machte es sich am anderen Ende des Tresens gemütlich. Der Wirt musste sich nun um die Bestellungen kümmern. Dies betrachtete Oliver offenbar als seine Chance, sich erneut an Antje heranzumachen: »Mir ist natürlich aufgefallen, dass der liebe Roland nur Augen für dich zu haben scheint. Und er hat ja auch betont, dass er nicht nur dein Kollege, sondern auch dein Freund sei. Aber bist du dir sicher, dass du ihn wirklich kennst?«

Sie nahm einen Schluck von ihrem Bier und antwortete: »Ja, allerdings. Du glaubst offenbar, dass wir Inselpolizisten nicht viel zu tun hätten. Nun, das sehe ich anders. Außerdem lernt man in diesem Beruf, die Menschen richtig einzuschätzen.«

Oliver zuckte mit den Schultern: »Wenn du meinst … aber hast du dich nie gefragt, warum Roland sich auf eine so gottverlassene Insel hat versetzen lassen?«

»*Gottverlassen* sind wir auf Juist nicht«, gab sie scharf zurück, wobei sie sich darum bemühte, ihre Wut unter Kontrolle zu behalten, »und es mag ja sein, dass es dir auf unserem Eiland nicht gefällt. Aber jedes Jahr kommen zahlreiche Touristen hierher, in den Sommermonaten sind wir meist lange im Voraus ausgebucht. Es war pures Glück, dass du überhaupt noch ein Zimmer im *Hotel Norwegischer Hof* bekommen hast!«

Leider ist es Pech für uns, fügte sie in Gedanken hinzu. Sie verstand allmählich, aus welchem Grund Roland eine Begegnung zwischen ihr und seinem Cousin skeptisch betrachtet hatte. Immerhin schien Oliver jetzt zu kapieren, dass er Antje mit seinen Worten nur gegen sich aufbrachte. Er machte eine abwehrende Handbewegung: »Ich wollte gar nicht über Juist herziehen. Mein Cousin hat mir berichtet, dass du hier geboren und aufgewachsen bist. Dann fühlt man sich natürlich an den Ort gebunden, dafür habe ich großes Verständnis. Ich fand dich ehrlich gesagt auf Anhieb sympathisch, Antje. Du siehst nicht nur gut aus, sondern bist bestimmt auch clever und scheinst das Herz auf dem rechten Fleck zu haben. Ich würde es bedauern, wenn du eine große Enttäuschung erleben musst.«

»Ach, wirklich? Und woran hast du dabei gedacht?«

Sie schaute Oliver direkt in die Augen, während sie diese Frage stellte. Er hielt ihrem Blick stand: »Roland hat sich hierher versetzen lassen, um vor der Mutter seines Kindes zu fliehen!«

Kapitel 9

Die Kommissarin versuchte, sich ihre Erschütterung nicht anmerken zu lassen. Eigentlich vertraute sie ihrem Freund hundertprozentig. Und Oliver war gewiss kein Mann, dessen Worte man auf die Goldwaage legen durfte. Außerdem – wenn ihr Freund gegenüber einem Kind unterhaltspflichtig war, konnte er sich dieser Forderung auch durch den Ortswechsel auf eine ostfriesische Insel nicht entziehen. Aber – woher wollte sie überhaupt wissen, ob er dieser anderen Frau nicht jeden Monat den entsprechenden Betrag überwies? Sie kannte seine finanziellen Verhältnisse nicht. Er lebte in einem günstigen Pensionszimmer, und sie hatte ihn nie als verschwenderisch erlebt. Der Kommissar könnte vermutlich problemlos Alimente bezahlen, ohne dass Antje etwas davon mitbekam. Noch während ihr diese Überlegungen durch den Kopf schwirrten, ärgerte sie sich über ihre eigene Reaktion. Sie war nun schon seit Jahren mit Roland zusammen – hatte sie wirklich so wenig Vertrauen in ihn? Glaubte sie diesem windigen Protzuhrenträger mehr als ihrem eigenen Freund? Sie zwang sich dazu, Oliver anzulächeln. Denn in diesem Moment beschloss sie, den Spieß umzudrehen.

»Ich bin dir wirklich dankbar dafür, dass du mir die Augen geöffnet hast«, log sie. »Ich habe schon länger geahnt, dass Roland etwas vor mir verheimlicht.«

»Ja – so seriös, wie mein Cousin immer tut, ist er gar nicht«, behauptete Oliver mit einem gewinnenden Grinsen auf den Lippen. Die Kommissarin legte ihre Hand auf seinen Unterarm: »Wechseln wir das Thema, einverstanden? Ich werde mir meinen Freund so bald wie möglich unter vier Augen vorknöpfen. Aber jetzt möchte ich mehr über dich erfahren: Du scheinst mir ein interessanter Mann zu sein, dem es auf unserer idyllischen Insel wahrscheinlich schnell langweilig werden könnte. War deine Sehnsucht nach Roland wirklich so groß? Das kann ich mir irgendwie nicht vorstellen!«

Sie blinzelte ihm zu, wobei es ihr wirklich schwerfiel, in den Flirtmodus umzuschalten – auch wenn es nur zum Schein war. Vor der Beziehung mit Roland war sie jahrelang Single gewesen und deshalb regelrecht »eingerostet«. Zum Glück gehörte Oliver zu den Männern, die sich für unwiderstehlich hielten.

»Du hast mich richtig eingeschätzt«, behauptete Rolands Cousin und schaute ihr tief in die Augen. »So ein Typ wie ich ist immer dort zu finden, wo der Bär steppt und der Baum brennt. Ich liebe die Action, Partys und coole Leute. Hart arbeiten und heftig feiern, das ist mein Motto. Aber in letzter Zeit habe ich wohl etwas zu stark am Rad gedreht, jedenfalls musste ich dringend mal wieder relaxen. Und da fiel mir der gute Roland ein – ich wollte mal nachschauen, ob er hier schon versauert ist. Aber da konnte ich ja noch nicht ahnen, was für einen guten Fang er gemacht hat.«

Ich bin weder ein Hering noch eine Makrele, dachte Antje und hoffte, dass man ihr ihren Widerwillen nicht anmerkte. Sie sagte: »Dann war ich wohl doch auf dem falschen Dampfer. Ich hätte angenommen, dass jemand wie du sich auf Ibiza wohlfühlt, an der Algarve oder in Thailand. Da müsste doch auch mit einem *Last-Minute*-Urlaub etwas zu machen sein, oder?«

Oliver ließ sich nicht beirren: »Du liegst schon richtig mit deiner Meinung über mich, obwohl wir uns erst seit ein paar Minuten kennen. Phuket ist sozusagen meine zweite Heimat, die Thais lieben mich. Aber ich habe eben auch Familiensinn, und deshalb wollte ich meinem lieben Cousin auf die Pelle rücken.«

Die Kommissarin nickte, obwohl sie ihm kein Wort glaubte. Sie hatte einen bestimmten Verdacht, der aber noch nicht konkret genug war. Sie brauchte mehr Informationen. Antje behauptete: »Es ist jedenfalls eine Freude, einen interessanten Charakter wie dich kennenzulernen. Was machst du eigentlich beruflich? Ein Beamter bist du jedenfalls nicht, oder?«

Oliver lachte laut und affektiert, als ob sie einen unglaublich komischen Scherz vom Stapel gelassen hätte.

»Nein, das bin ich ganz gewiss nicht!«, antwortete er. »Ich verdiene meine Brötchen als Event-Manager, mit meinen Beziehungen zur Promi-Welt läuft das wie geschmiert.«

»Davon bin ich überzeugt«, gab die Polizistin zurück. »Du hast übrigens eine tolle Uhr, so eine würde ich meinem Vater gern schenken.«

»Die wirst du dir von deinem Polizistinnengehalt wohl kaum leisten können, Süße«, behauptete Rolands Cousin. Im nächsten Moment schien ihm bewusst zu werden, wie herablassend seine Bemerkung gewesen war. Er fügte schnell hinzu: »Eine Frau wie du hat natürlich ganz andere Möglichkeiten. Ich fürchte, dass du hier auf Juist nur deine Zeit vertrödelst. Ich kann mir dich sehr gut auf Phuket als Security-Chefin in einigen angesagten Clubs vorstellen. Ich müsste dich nur mit den entsprechenden Leuten bekanntmachen.«

Antjes wahres Urteil über Oliver verfestigte sich. Sie hielt ihn für einen Aufschneider und Windbeutel. Und sie würde ganz gewiss niemals als Rausschmeißerin in einem thailändischen Stripladen arbeiten. Aber das musste sie ihm ja jetzt nicht auf die Nase binden.

»Ich möchte deine Uhr trotzdem mal fotografieren, vielleicht gewinne ich ja im Lotto«, sagte sie in einem plaudernden Tonfall, »und ich finde es sehr lieb von dir, dass du dir über meine berufliche Zukunft Gedanken machst.«

»Ich habe vom ersten Augenblick an gespürt, dass es eine innere Verbindung zwischen uns gibt«, sagte Oliver. Antje musste plötzlich an Brockstedt denken. Ob er auf diese Art den Frauen seinen Willen aufzwang? Vielleicht ging er nicht ganz so plump vor wie Rolands Cousin, aber die Richtung stimmte schon mal. Sie zog ihr Smartphone aus der Handtasche und machte eine Aufnahme von dem Zeitmesser an seinem Handgelenk.

»Und du wohnst bestimmt in einer Großstadt, oder? In deinem Beruf kannst du wohl kaum auf dem Dorf erfolgreich sein«, meinte sie.

»Nee, natürlich nicht!«, gab er zurück und warf sich in die Brust. »Ich bewohne ein Penthouse in Köln, vielleicht willst du mich da ja mal besuchen. Von dort aus ist man mit dem Hochgeschwindigkeitszug im Handumdrehen in Paris!«

»Das wäre wirklich ein Traum«, gab sie scheinbar schwärmerisch zurück. In Wirklichkeit hatte sie jetzt genug über Oliver in Erfahrung gebracht. Event-Manager? Es mochte durchaus Menschen geben, die ernsthaft diesem Gewerbe nachgingen. Aber ansonsten handelte es sich um einen Gummibegriff – jeder konnte sich so nennen, ohne jemals auch nur eine einzige Veranstaltung organisiert zu haben. Im Fall von Rolands Cousin bezweifelte sie stark, dass er einer regelmäßigen Berufstätigkeit nachging. Dies mochte ein Vorurteil sein, aber meist konnte sie sich auf ihr Bauchgefühl verlassen. Jetzt musste sie sich nur noch aus der Affäre ziehen, bevor der Kerl zu aufdringlich wurde. Und Rolands angebliche Vaterschaft? Sie wollte ihn direkt darauf ansprechen. Obwohl die Kommissarin Oliver für ein Lügenmaul hielt, hatte er es doch geschafft, einen winzigen Funken des Zweifels in ihre Seele zu pflanzen. Obwohl – was wäre eigentlich so schlimm daran, wenn er ein Kind mit einer anderen Frau hätte? Dies hatte sich ja wahrscheinlich zugetragen, bevor sie mit ihm zusammengekommen war. Sie konnte ihm höchstens übelnehmen, dass er ihr diesen wichtigen Aspekt seines Lebens verschwiegen hatte. Und das passte eigentlich gar nicht zu ihm. Ihr Smartphone klingelte. Sie hatte die Anrufumleitung wieder aktiviert, also meldete sie sich mit den Worten: »Moin, Sie sprechen mit der Polizei Juist. Mein Name ist Fedder. Was können wir für Sie tun?«

Sie erkannte die Stimme des Anrufers sofort. Sie gehörte einem der Rettungsschwimmer, die auf Juist im Sommer Dienst taten: »Antje, hier ist Malte! Wir haben gerade einen Ertrinkenden beim Wrack aus der Nordsee gezogen. Vielleicht hat ihn jemand ins Wasser gestoßen, ihr kommt besser her!«

*

»Du meinst das Wrack am Billriff, oder?«, vergewisserte sie sich.

»Ja, genau. Die Umstände kommen mir rätselhaft vor. Der Mann hatte großes Glück, weil wir gerade einen Trainingslauf gemacht haben und in der Nähe waren. Ich habe auch schon einem Arzt Bescheid gegeben.«

»Gut gemacht, Malte. - Roland und ich kommen so schnell wie möglich zu euch.«

Mit diesen Worten beendete sie das kurze Telefonat.

»Warum denn plötzlich so hektisch?«, spottete Oliver. »Wir haben uns gerade so schön unterhalten.«

»Ich habe jetzt keine Zeit für diesen Unsinn!«, fauchte sie und rutschte vom Barhocker, während sie gleichzeitig Roland anrief.

»Die Reparatur ist abgeschlossen, ich helfe Silke gerade noch beim Aufwischen«, sagte er, bevor Antje sich äußern konnte.

»Das kann warten, es gibt einen Einsatz für uns. - Wir treffen uns gleich auf der Wache!«

Oliver schien immer noch zu glauben, dass die Kommissarin einen Scherz machte: »Ist ja schon gut, Antje! Ich glaube dir, dass du einen furchtbar wichtigen Job hast.«

In diesem Moment mischte sich Tjark ein, indem er seine kräftigen tätowierten Unterarme auf den Tresen stemmte.

«Wenn meine Tochter sagt, dass sie wegmuss, dann ist das ernst gemeint. Sie ist hier auf der Insel schließlich für Recht und Ordnung zuständig. - Du trinkst hier jetzt noch einen auf meine Rechnung!«

Und danach kann Oliver sich zum Teufel scheren – das hast du doch gedacht, Papa?, ging es der Polizistin durch den Kopf. Die Situation hätte sie amüsieren können, wenn es nicht um ein Menschenleben gegangen wäre. Noch wussten die Ermittler nicht, welche Person von den Rettungsschwimmern dem nassen Tod entrissen worden war. Vor allem beschäftigte Antje die Frage, ob von Fremdverschulden ausgegangen werden musste. Sie verließ das Lokal und lief zur Polizeistation. Sie trug flache Schuhe und war gut im Training, daher erreichte sie ihr Ziel im Handumdrehen. Schnell zog sie sich die Uniform an und holte die Dienstwaffe aus dem Tresor. Sie wollte ganz gewiss nicht im Sommerkleidchen zu einem möglichen Tatort fahren. Wenig später kam Roland hereingestürmt. Auch er hatte es offensichtlich geschafft, seine Kleidung zu wechseln. Er war völlig außer Atem: »Einen gemütlichen Feierabend habe ich mir anders vorgestellt! Was ist denn geschehen?«

Sie berichtete ihrem Kollegen die wenigen Dinge, die sie von Malte erfahren hatte. Währenddessen starteten die beiden ihre Fahrt Richtung Billriff. Zum Glück ging die Sonne auf Juist im August erst gegen 21.30 Uhr unter, und so spät war es noch nicht. Von der Carl-Stegmann-Straße bis zum äußersten westlichen Ende des langgestreckten Eilands benötigte man mit dem Fahrrad ungefähr eine knappe halbe Stunde. Während die Kommissare den bewohnten Teil der Insel bald hinter sich ließen und zwischen Dünen fuhren, sprachen sie weiter miteinander. Je weiter sie sich vom Ortskern entfernten, desto geringer wurde der Straßenverkehr – der ohnehin nur aus anderen Radlern, Pferdefuhrwerken und Handkarren bestand.

»Ich kann jetzt übrigens verstehen, warum du diesem Verwandtenbesuch nicht gerade entgegengefiebert hast, Roland.«

»Wirklich? Du hast mit Oliver gesprochen?«

»Hatte ich denn eine Wahl?«, gab sie lächelnd zurück.

»Und was hat mein Cousin gesagt?«, wollte der Kommissar wissen. Er versuchte, sich seine Anspannung nicht anmerken zu lassen. Sie konnte gut verstehen, wie Roland sich fühlte. Wenn Oliver im Spiel war, musste er vermutlich immer mit einer unangenehmen Überraschung rechnen– ganz unabhängig davon, ob die Geschichte von dem geheimen Kind der Wahrheit entsprach.

»Er hat sinngemäß durchblicken lassen, dass er dich für eine Flasche hält und mich am liebsten sofort flachlegen würde, auch wenn er diese Worte nicht benutzte«, gab Antje zurück.

»So ein Mistkerl! Er weiß genau, dass du und ich … dass wir jedenfalls zusammen sind!«, stieß er empört hervor.

»Reg dich nicht auf, wir haben es doch beruflich oft genug mit solchen Typen zu tun. - Falls es dich beruhigt: Ich habe Oliver weder in die Dienstwohnung eingeladen noch gedenke ich, die Nacht im *Hotel Norwegischer Hof* zu verbringen.«

»Ich muss wohl ein ernstes Wort mit meinem Cousin reden.«

»Das lässt du schön bleiben, Rollo!«, sagte sie schärfer als ursprünglich beabsichtigt. Etwas ruhiger fuhr sie fort: »Wenn du Oliver zusammenstauchst, dann sieht es so aus, als ob ich mich bei dir ausgeheult hätte und nicht selbst für mich einstehen könnte. - Lass uns das Thema für heute beenden, vor uns liegen gewiss wichtigere Aufgaben.«

Roland war gewarnt: Wenn Antje ihn mit seinem ungeliebten Spitznamen Rollo anredete, dann bestand die Gefahr, dass er sie ernsthaft sauer machte. Also zog er es nun vor, lieber den Mund zu halten.

Am westlichsten Punkt von Juist befand sich eine Sandbank, die als Billriff bekannt war und von der aus man bei klarem Wetter einen guten Blick hinüber nach Borkum und zu der unbewohnten Insel Memmert hatte. Die Gewässer zwischen den Inseln waren tückisch, die Strömungen und die Bodenbeschaffenheit änderten sich ständig. Vor kurzem war hier ein hölzerner Segler havariert, dessen Wrack immer noch einen Steinwurf weit vom Strand entfernt lag. Er hätte schon längst von einem Hochseeschlepper geborgen werden sollen, doch das Rettungsfahrzeug war bei einem anderen Einsatz unabkömmlich. Der Wimpel an dem schiefen Mast des verunglückten leeren Bootes flatterte wie eine zu Stoff gewordene Drohung im Wind. Der Strand war hier so breit und rein, dass er fast bis zum Horizont zu reichen schien. Personen konnte man schon von weitem erblicken, wenn sie noch so klein wie Ameisen erschienen. Die Polizisten ließen ihre Fahrräder am Weg zurück und stapften durch den Sand auf die kleine Gruppe zu. Die Rettungsschwimmer waren selbstverständlich in Erster Hilfe ausgebildet. Daher hoffte Antje, dass sie dem Verunglückten bereits hatten helfen können. Malte und seine beiden Kollegen hatten sich um einen Mann versammelt, der auf dem Boden lag und nach Luft rang. Er schien sich übergeben zu haben. Die Polizisten kannten ihn. Es war Jannis Schweer, einer der Studenten im Ferienhaus.

Kapitel 10

Der Gerettete schien ziemlich durch den Wind zu sein. Die Kommissare wollten ihm noch einen Moment Zeit geben, um sich zu besinnen. Antje und Roland nahmen Malte beiseite und baten ihn, die Ereignisse zu schildern. Er war ein kräftiger junger Mann mit semmelblondem Haar.

»Wir kamen aus Richtung Ort und waren noch ungefähr zweihundert Meter von hier entfernt, als wir Hilfeschreie hörten«, begann der Rettungsschwimmer mit seinem Bericht. »Ich sah den Mann im Wasser winken, er befand sich zwischen dem Wrack und der Fahrrinne dort westlich von uns. Offenbar hatte er seine Schwimmkünste überschätzt und war von der Strömung erfasst worden. Jedenfalls gelang es uns, ihn zu holen und an Land zu bringen. Er hatte schon ziemlich viel Wasser geschluckt, aber er konnte es erbrechen. Warum der Mann hier ganz allein an dieser gefährlichen Stelle in die Nordsee gegangen ist, weiß ich nicht.«

»Aber ich – oder zumindest vermute ich es!«, rief Roland. Er ging zu einer Umhängetasche hinüber, die im Sand lag.

»Gehört die einem von euch?«

Die Rettungsschwimmer verneinten die Frage des Kommissars. Daraufhin schnappte er sich das Behältnis und griff hinein.

»Was haben wir denn hier Schönes?!«

Antje konnte verstehen, warum die Stimme ihres Kollegen so triumphierend klang. Er hielt nämlich roten Siegellack und einen Stempel in den Fingern, die in einem Latexhandschuh steckten. Malte und dessen Kameraden wirkten verständnislos, sie schienen noch nichts von den zurückliegenden Ereignissen gehört zu haben. Wer den ganzen Tag lang für die Sicherheit an Juister Stränden sorgte, hatte keine Zeit für Klatsch, Tratsch und Gerüchte.

Schweer hingegen wusste offenbar sehr wohl, was der Fund des Polizisten zu bedeuten hatte. Er drehte den Kopf von Roland weg. Auf seinem Gesicht glaubte Antje so etwas wie Schuldbewusstsein zu bemerken. Vielleicht war es auch einfach nur Scham, weil ihm jemand auf die Schliche gekommen war. Jetzt stellten sich nur noch zwei entscheidende Fragen: Warum war er im Wasser gewesen? Und: Hatte eine andere Person dafür gesorgt, dass er beinahe ertrunken wäre? Der Kommissar schien in dieselbe Richtung wie Antje zu denken. Manchmal fand sie es schon fast unheimlich, wie sehr sich ihre Überlegungen ähnelten – obwohl sie bei anderen Gelegenheiten auch durchaus unterschiedlicher Meinung waren. Nun erschien auch einer der Inselärzte auf der Bildfläche. Er war offenbar mit seinem Auto so weit wie möglich auf der Billstraße nach Westen gefahren und kam nun zu Fuß heran, um Schweer zu untersuchen. Die Polizistin ging zu ihrem Kollegen hinüber, der gerade damit beschäftigt war, seine Schuhe und Socken auszuziehen. Und er krempelte sich die Hosenbeine hoch.

»Was hast du vor?«, fragte sie, obwohl seine Absicht ziemlich eindeutig war.

»Ich will nachschauen, ob unser Jungkünstler auf dem Wrack ein Siegel hinterlassen hat.«

»Sollen die Rettungsschwimmer dich als Nächsten aus der Nordsee fischen, Roland?«

Er schüttelte den Kopf: »Keine Sorge, ich bin vorsichtig. Außerdem haben wir jetzt ablandiges Wasser, die Ebbe setzt ein. Wahrscheinlich kann ich das havarierte Boot erreichen, ohne schwimmen zu müssen.«

Als Insulanerin wusste Antje bestens über die tückischen Wasserverhältnisse rund um das »Töwerland« Bescheid, und sie musste ihm innerlich recht geben. Wenn überhaupt, dann war jetzt die beste Zeit, um das Wrack zu untersuchen. Roland wollte offenbar nicht weiter diskutieren, denn er stapfte nun in die Brandung. Die Kommissarin hielt die Umhängetasche mit beiden Händen fest und schaute zu, wie er sich immer weiter von ihr entfernte. Die defekte Segelyacht lag auf der Seite. Es war nicht möglich, auf ihrem Deck gerade zu stehen. Vom Strand aus konnte man wenig Details an Bord erkennen, zumal der Sonnenuntergang näher rückte und man nicht mehr viel Tageslicht erwarten konnte. Hier am Westende des Eilands gab es auch keine Beleuchtung. Immerhin schien Roland zumindest mit seiner Einschätzung des Wasserstands richtig zu liegen. Die Wogen schwappten nur bis zu seinen Knien, als er das Wrack erreicht hatte. Erleichtert registrierte die Kommissarin, dass er sein Smartphone aus der Tasche zog und damit einige Fotos machte. Dann drehte er um und kehrte zum Ufer zurück, ohne dass Malte und die übrigen Lebensretter aktiv werden mussten. Die Crew hatte sich zu Antje gesellt und schaute gespannt zu, wie der Polizist seine kleine Expedition beendete.

»Was gab es denn auf dem Boot zu sehen?«, fragte Malte. Roland zeigte Antje die Aufnahmen, die er gemacht hatte. Mitten auf dem Achterdeck der havarierten Yacht konnte man roten Siegellack erkennen, auf den das inzwischen wohlbekannte Siegel gedrückt worden war.

»Was hat das zu bedeuten?«, fragte einer der anderen Rettungsschwimmer, die der Polizistin über die Schulter geblickt hatten. Es wäre ihr unangemessen erschienen, die Jungs wegzuscheuchen. Sie hatten schließlich gerade ein Leben gerettet.

»Es geht um eine laufende Ermittlung«, machte sie deutlich. »Habt bitte Verständnis dafür, dass wir dazu momentan nicht mehr ...«

»Hey!«

Dieser Ausruf kam von dem Mediziner, auf den momentan niemand geachtet hatte. Und aktuell hatten weder die

Lebensretter noch die Kommissare auch Schweer Beachtung geschenkt. Es schien ihm schon wieder ganz gut zu gehen, denn er war vom Sandboden hochgekommen und haute nun ab!

»Na warte, Bürschchen!«, stieß Antje hervor und sprintete los. Sie zweifelte nicht daran, dass sie den Studenten einholen konnte. Sein Vorsprung war gering. Obwohl er wahrscheinlich ein paar Jahre jünger als die Polizistin war, konnte er in Sachen Fitness und Beweglichkeit nicht mithalten.

»Polizei! Stehen bleiben!«, rief die Kommissarin gellend. Der Student gehorchte keineswegs, sondern wurde sogar noch etwas schneller. Es nützte nichts. Noch bevor er die Dünen erreichen konnte, sprang sie ihn an und brachte ihn zu Boden. Schweer keuchte und zappelte, während sie ihm die Arme auf den Rücken drehte.

»Wenn Sie jetzt keinen Zirkus mehr veranstalten, können wir auf die Handschellen verzichten«, zischte sie und fuhr fort: »In jedem Fall sind Sie verhaftet. Sie stehen im dringenden Verdacht, Birgit Vinke ermordet zu haben. Sie müssen sich nicht selbst belasten, können die Aussage verweigern und einen Rechtsanwalt hinzuziehen.«

Die Kleidung des jungen Mannes war völlig durchnässt, jetzt klebte auch noch Sand an ihr. Allmählich schien er zu begreifen, dass weder Flucht noch Widerstand etwas brachten.

»Ich habe niemanden umgebracht«, beteuerte er.

»Das wird sich zeigen. - Und nun kommen Sie hoch!«, gab Antje zurück und half ihm beim Aufstehen. Sie führte den Verdächtigen zu der Gruppe zurück. Er hatte den Kopf gesenkt. Die Bezeichnung *begossener Pudel* traf momentan auf sein Aussehen und vermutlich auch seinen Gemütszustand perfekt zu.

»Als ich den jungen Mann untersucht habe, schien sein Kreislauf etwas instabil zu sein, nachdem er vor dem Ertrinken gerettet wurde«, sagte der Arzt, »aber als ich ihm mitteilte, dass er nicht weiter behandelt werden müsse, rappelte er sich plötzlich auf und rannte davon. - Es wäre jedenfalls gut, wenn er etwas Mineralwasser bekommen könnte, nachdem er Seewasser geschluckt und wieder erbrochen hat.«

»Keine Sorge, Sprudel haben wir auf der Wache genug«, erklärte Roland.

*

Eine Stunde später saß Schweer auf der Polizeiwache hinter Schloss und Riegel. Die Kommissare hatten einen Kutscher gebeten, den Verdächtigen sowie sie selbst zu transportieren. Es wäre wohl schlecht möglich gewesen, ihn auf dem Gepäckträger eines Fahrrads in den Arrest zu schaffen. Außerdem konnten sie nicht ausschließen, dass er noch einmal zu entfleuchen versuchte. Er hatte sich während der gesamten Fahrt in Schweigen gehüllt. Antje und Roland beschlossen, ihn erst am nächsten Morgen zu befragen. Schweer sollte Gelegenheit bekommen, sich auszuruhen und seine Lage zu überdenken. Und auch die Polizisten hatten noch einiges zu besprechen. Bei einer Tasse Tee schauten sie sich den Inhalt der Umhängetasche genauer an. Sie enthielt außer dem eigentlichen Siegel sowie dem Siegellack noch ein Sturmfeuerzeug und ein Einweghandy, in das nur eine Nummer gespeichert war.

»Wir sollten herausfinden, mit wem Schweer Kontakt aufnehmen wollte«, meinte Antje, »wenn wir morgen bei dem Telekommunikationsunternehmen anfragen und durchblicken lassen, dass es um eine Morduntersuchung geht, sollten wir den Namen des Teilnehmers zeitnah bekommen.«

»Wollen wir es hoffen«, gab ihr Kollege zurück, »bis es so weit ist, können wir ja überlegen, wie Schweer ins Wasser gelangt ist. Ich würde nämlich nicht darauf bauen, dass er morgen bei der Befragung die Zähne auseinanderbekommt.«

Die Kommissarin nahm einen Schluck Tee und schaute nachdenklich aus dem Fenster: »Du meinst, weil Tasche, Siegel und Siegellack knochentrocken und an Land waren, während Schweer sich in der Nordsee befunden hat?«

»Ja, genau über diesen Punkt rätsele ich, Antje! Ich sehe zwei Möglichkeiten: Entweder bringt der Student selbst das Siegel am Wrack an, schafft seine Utensilien danach auf den Strand und kehrt aus uns noch unbekannten Gründen ins Wasser zurück. Oder er arbeitet mit einem Komplizen zusammen. Dieser bringt Siegel und Siegellack ins Trockene, während Schweer entweder versehentlich oder mit voller Absicht von der Strömung erfasst wird. Der Mittäter haut ab und überlässt ihn seinem Schicksal, anstatt Hilfe zu holen.«

»Ja, die letztere Möglichkeit ist plausibel – bis auf die Frage, warum er die verdächtigen Gegenstände zurücklässt, anstatt die Umhängetasche einfach mitzunehmen«, gab seine Kollegin zu bedenken. Roland zuckte mit den Schultern: »Warum hätte er das tun sollen? Es kann dem Komplizen nur recht sein, wenn wir ausschließlich Schweer mit dem Siegel in Verbindung bringen. Vielleicht hat er sich darauf verlassen, dass sein Kumpel endgültig absäuft, wer weiß? Dann wäre der tote Schweer ein perfekter Sündenbock gewesen, dem man alles in die Schuhe schieben kann. Allerdings ist mir immer noch völlig schleierhaft, warum jemand auf dem Wrack ein Siegel anbringt.«

»Das verstehe ich auch nicht«, musste Antje zugeben, »die havarierte Yacht heißt *Daisy Daphne*, gehörte einem Niederländer und hatte als Heimathafen Oudeschild auf Texel. Ich kann beim besten Willen keine Verbindung zwischen dem Boot und Schweer oder den anderen Studenten erkennen.«

»Die Frage werden wir auch noch klären«, zeigte Roland sich zuversichtlich, »für den heutigen Tag können wir mit den Ergebnissen zufrieden sein. Ich habe den Küchenabfluss unserer Bürgermeisterin repariert, und du konntest einen Mordverdächtigen festnehmen.«

»Ja, es hätte schlechter laufen können«, erwiderte sie. »Bleibst du heute Nacht hier?«

»Ich dachte schon, du würdest nie fragen«, sagte er lächelnd.

Kapitel 11

Am nächsten Morgen fühlte Antje sich trotz der kurzen Nacht energiegeladen und motiviert. Sie schickte noch vor dem offiziellen Dienstbeginn mehrere Emails ab. Roland hatte sich schon vor der Dämmerung davongeschlichen, um in seinem Pensionszimmer eine frische Uniform anzulegen. Sie nahm es ihm nicht übel, dass er nicht zum Frühstück geblieben war. Es gehörte zu ihrem gemeinsamen Ritual, dass die beiden zwar öfter gemeinsam einschliefen, aber nicht zusammen aufwachten. Als er um acht Uhr pünktlich die Wache betrat, hatte die Kommissarin schon Tee gekocht.

»Moin, ich habe die Telekommunikationsfirma schon angeschrieben und warte auf eine baldige Antwort«, berichtete sie. Außerdem hatte sie noch eine weitere Nachricht verschickt, deren Inhalt sie aber zunächst für sich behielt. Aber auch in diesem Fall hoffte sie auf einen Bescheid in ihrem Sinn.

»Hast du unserem Logiergast Frühstück gebracht?«, fragte der Polizist.

»Ja, vor ein paar Minuten. Er schien noch nicht ganz wach zu sein«, lautete ihre Antwort. Am Vorabend hatte Schweer von den Beamten einen Jogginganzug sowie ein Frotteetuch bekommen, da seine eigene Kleidung völlig durchnässt war. Antje ging zur Zelle hinüber und warf durch das Guckloch in der Stahltür einen Blick auf den Verdächtigen. Er schien jetzt seinen Appetit wiedergefunden zu haben, auf jeden Fall machte er sich über die Brotscheiben und den Tee her.

»Ich könnte zum Ferienhaus hinüberfahren und die Rasselbande fragen, ob sie ihren Kumpel gar nicht vermissen«, schlug Roland vor, »und je nachdem, wie die Reaktion ausfällt, lasse ich die Katze früher oder später aus dem Sack. - Ich bin überzeugt davon, dass die eingespeicherte Nummer im Einweghandy Brockstedt gehört. Er ist in meinen Augen der Drahtzieher und Obermacker, Schweer sehe ich eher als einen Mitläufer an.«

»Gut, dann behalte ich solange unseren Verdächtigen im Auge«, erwiderte Antje. Es war ihr nur recht, dass ihr Kollege zeitweilig verschwand, da sie noch eine für sie wichtige Frage klären musste. Und tatsächlich: Kurz, nachdem Roland sich verabschiedet hatte, kam ein Anruf.

»Ich freue mich, dass ich helfen konnte«, sagte die Polizistin zu ihrem Gesprächspartner, »sobald die Verhaftung erfolgt ist, melde ich mich wieder bei Ihnen. Sie können die Person dann später am Fährhafen in Norddeich übernehmen.«

Etwas später schloss sie die Arrestzelle auf. Schweer schien sich in seiner Haut nicht besonders wohl zu fühlen.

»Moin – wie ich sehe, hat es Ihnen geschmeckt. Möchten Sie mit einem Strafverteidiger Kontakt aufnehmen?«, fragte sie munter.

»Sie haben den Falschen, ich bin kein Mörder«, betonte der Verdächtige mit weinerlicher Stimme. Sie war dazu geneigt, ihm zu glauben – aber dieser Mann kannte mit Sicherheit einiges von den Hintergründen dieses rätselhaften Falls.

»Wenn Sie unschuldig sind, müssen Sie die Justiz auch nicht fürchten«, stellte sie klar. »Also, wie sieht es mit einem Anwalt aus? Allerdings kann es bis zum morgigen Tag dauern, bis er hier eintrifft. Juist ist schließlich eine Insel, und die Anzahl der Fährverbindungen und Flüge hält sich in Grenzen.«

»Und so lange muss ich in der Zelle bleiben?«, fragte Schweer entsetzt.

»Es besteht Flucht- und Verdunkelungsgefahr«, erklärte die Polizistin. »Selbst wenn Sie den Mord nicht begangen hätten, bestünde die Gefahr, dass Sie den wahren Täter warnen könnten.«

Schweer schaute sie an, als ob er einen Geist sehen würde.

»Ich werde reden«, beteuerte er, »es ist alles ganz anders als Sie glauben ...«

Du kannst mir ja viel erzählen, wenn der Tag lang ist, dachte Antje. Sie sagte: »Gut, dann findet die Befragung statt, sobald mein Kollege zurückgekehrt ist.«

Sie schloss die Zellentür wieder und widmete sich einigen Routinearbeiten. Eine halbe Stunde verging, bis Roland erneut die Wache betrat.

»Das hättest du erleben müssen, Antje! Diese Früchtchen waren bestens auf meinen Besuch vorbereitet. Ich fragte nach Schweer, weil er ja logischerweise nicht anwesend war. Brockstedt wollte natürlich erfahren, warum ich mich für ihn interessierte. Ich ging nicht darauf ein, sondern meinte nur, dass dieses Quartett zuvor so unzertrennlich gewesen sei. Sie sagten übereinstimmend aus, dass er angeblich schon gegen 18 Uhr in seinem Zimmer verschwunden sein soll, weil er sich nicht wohl fühlte. Danach wollen ihn weder Brockstedt noch Jule Vinke oder Svea Lang mehr gesehen haben. Und sie wussten natürlich auch nichts von dem Siegel, was für eine große Überraschung!«

»Warum hast du denn den Stempel überhaupt erwähnt, Roland?«

»Ich wollte einfach testen, wie sie auf unsere Entdeckung reagieren. Ich sagte nicht, dass wir Schweer beim Wrack angetroffen haben – sondern nur, dass dort ein Siegel angebracht wurde. Aber die drei Unschuldslämmer taten so, als ob sie von nichts eine Ahnung hätten.«

»Hattest du wirklich auf eine wahrheitsgemäße Aussage dieses Trios gehofft?«, fragte die Kommissarin. Sie fuhr fort: »Die beiden Frauen stehen unter der Fuchtel dieses attraktiven Charismatikers, in dem Punkt sind wir uns gewiss einig. Aber Schweer ist unsere Trumpfkarte, wenn man das so ausdrücken will. Brockstedt hat jetzt keinen direkten Einfluss mehr auf ihn, und das sollten wir ausnutzen. Es kommt mir so vor, als ob unser Verdächtiger auspacken würde, wenn wir nur die richtigen Fragen stellen.«

»Du glaubst aber auch nicht, dass Schweer Birgit Vinke erwürgt hat, oder?«, wollte Roland wissen. Sie schüttelte den Kopf: »Nee, bei ihm fehlt mir ein überzeugendes Motiv. Ich kann mir allenfalls vorstellen, dass Brockstedt ihn zu der Tat gedrängt hat, damit Schweer bei ihm Pluspunkte sammelt. Aber ob dieser junge Mann eine Frau töten würde, nur um seinem Freund einen Gefallen zu tun … das kann ich mir eigentlich nicht vorstellen.«

»Dieses Quartett ist wirklich so etwas wie eine Minisekte, mit Brockstedt als Oberguru«, meinte der Kommissar, »daher sollten wir von vornherein nichts ausschließen. - Ich hole jetzt mal unseren Verdächtigen, einverstanden?«

Antje nickte. Wenig später saß Schweer den beiden gegenüber. Roland zeichnete das Verhör als Audiodatei auf. Der Student war noch einmal über seine Rechte belehrt worden, wollte aber nach wie vor keinen Strafverteidiger an seiner Seite haben.

»Lassen Sie uns mit dem gestrigen Abend beginnen«, schlug die Polizistin vor. »Und erzählen Sie uns bitte nicht, dass Sie vollständig bekleidet ein Bad in der Nordsee nehmen wollten. Das glauben wir Ihnen nämlich sowieso nicht.«

»Ich hatte bestimmt nicht die Absicht zu ertrinken«, brachte der Verdächtige mit tonloser Stimme hervor. »Es wäre mir nie in den Sinn gekommen, dass die Strömung in Strandnähe so stark sein kann. - Ich bin zum Wrack gewatet und hatte meine Umhängetasche dabei. Ich musste sie über meinen Kopf halten, damit sie nicht nass wurde. Das Wasser reichte mir bis zur Hüfte. Aber ich schaffte es, bis zu dem kaputten Boot zu gelangen. Dann brachte ich dort den

Siegellack zum Schmelzen, was wegen des Windes gar nicht so einfach war. Es dauerte eine Zeitlang, aber dann konnte ich das Siegel auf den Lack drücken.«

Antje hakte nach: »Was für eine Bedeutung hat das Siegel eigentlich?«

»Das weiß ich nicht.«

Sie konnte es nicht ausstehen, wenn Ganoven sie an der Nase herumführen wollten. Doch es kam ihr so vor, als ob Schweer in diesem Punkt die Wahrheit sagen würde. Sie machte eine auffordernde Handbewegung: »Gut, stellen wir dies zurück. - Sprechen Sie weiter!«

»Nachdem ich fertig war, ging ich wieder an Land«, fuhr der Verdächtige fort. »Doch plötzlich fiel mir ein, dass ich vergessen hatte, ein Foto von dem Siegel auf der Yacht zu machen. Also musste ich noch einmal zurück. Ich ließ die Tasche am Strand und hatte nur mein Smartphone bei mir.«

An dieser Stelle unterbrach Roland ihn, indem er das Einweghandy hochhielt, das in einem Beweisstückbeutel steckte: »Dieses Telefon meinen Sie aber nicht, oder? Damit kann man nämlich keineswegs fotografieren. Und als ich Sie gestern durchsuchte, habe ich kein anderes Gerät bei Ihnen gefunden.«

»Es muss mir aus der Tasche gerutscht sein, als ich im Wasser war«, antwortete Schweer und fuhr fort: »Ich schoss ein paar Aufnahmen und wollte zum zweiten Mal das Wrack verlassen. Aber diesmal ging es schief. Ich rutschte aus und fiel der Länge nach in die Nordsee, die an der Stelle nicht besonders tief war. Trotzdem wurde ich durch den Sog vom Ufer weggetrieben.«

Darüber wunderte Antje sich nicht. Obwohl sie ihre Heimatinsel liebte, hatte sie einen gesunden Respekt vor den Elementen. Aus gutem Grund sah man auf manchen Juister Strandabschnitten Schilder, die vor dem Baden an diesen Stellen warnten. Viele Urlauber überschätzten ihre eigenen

Schwimmkünste und fanden sich plötzlich ohne Boden unter den Füßen im Wasser wieder. Der Verdächtige sagte: »Ich strampelte und versuchte, zurück ans Ufer zu gelangen. Doch es war, als ob ein unsichtbarer Riese mich aufs offene Meer ziehen würde. Ich schluckte Wasser und rief verzweifelt um Hilfe. Ich glaubte ernsthaft, sterben zu müssen. Dann kamen plötzlich meine Retter, sie schafften mich auf den Strand und brachten mich dazu, das Meerwasser wieder von mir zu geben.«

Die Darstellung von Schweers Rettung kam der Kommissarin glaubwürdig vor.

»Sie haben viel riskiert, um auf dem Wrack ein Siegel anzubringen«, stellte sie fest. »Warum haben Sie das getan?«

Dem Studenten schien es plötzlich die Sprache verschlagen zu haben. Sein Blick war plötzlich so leer wie der eines toten Karpfens in der Auslage eines Fischgeschäfts. Aber die Ermittlerin hatte nicht vor, seinen Redefluss versiegen zu lassen.

»Dieses Siegel kommt uns nämlich sehr bekannt vor!«

Mit diesen Worten präsentierte die Polizistin Schweer ein Foto der Leiche. Darauf konnte man das Siegel auf ihrem Bauch sehr gut erkennen. Der Verdächtige riss die Augen auf, der Anblick schien ihn zu schocken: »Diese Frau kenne ich nicht! Das soll Birgit Vinke sein, Jules Schwester? Sie denken, ich hätte sie getötet? Aber ich bin es nicht gewesen!«

»Wir würden Ihnen ja zu gern glauben«, erwiderte Roland kühl, »aber das Siegel mit der Chimäre und den beiden Buchstaben ist in beiden Fällen identisch. Die Staatsanwaltschaft weiß solche Indizien bei der Anklageerhebung zu schätzen, da wird noch nicht einmal ein Geständnis des Täters benötigt. Und eine Verurteilung wird dann sehr schnell erfolgen, zumal es keine anderen Verdächtigen gibt.«

Mit diesen Worten hatte der Kommissar bei Schweer offenbar die richtigen Knöpfe gedrückt. Der Student schüttelte heftig den Kopf: »Das hier ist nicht das einzige Siegel dieser Art! Jule hat auch eins, Svea ebenso – und Florian!«

In Antjes Augen war es ein gutes Zeichen, dass der Student jetzt nicht nur die beiden Frauen, sondern sogar den von ihm so verehrten Brockstedt belastete.

»Sagen Sie uns bitte, wozu diese Siegel gut sein sollen«, bat sie. Schweer rang die Hände, als ob er sich ohne Wasser und Seife die Finger waschen wollte. Die Kommissarin befürchtete schon, dass er von nun an den Mund halten würde. Aber dann öffnete er die Lippen doch wieder: »Das Siegel selbst hat überhaupt keine Bedeutung – oder zumindest kenne ich sie nicht. Florian meint, dass wir über unsere eigene Feigheit hinauswachsen müssen. Daher besteht die Aufgabe darin, das Siegel dort anzubringen, wo man dabei erwischt werden könnte.«

»Also eine Art Mutprobe?«, vergewisserte Roland sich. Der Verdächtige stimmte zu: »Ja, und deshalb muss es auch dokumentiert werden. Damit alle überprüfen können, dass man sich wirklich der Herausforderung gestellt hat.«

»Wer hat das Siegel in der Pension Kreyenborg angebracht?«, fragte Antje nach.

»Das ist Jule gewesen.«

Die Schwester des Opfers? Dadurch wurde sie allerdings nicht automatisch zur Täterin, was den Mord anging. Jule konnte immerhin gewusst haben, wann Birgit auf ihrem Zimmer war und welche Nummer dieses hatte. Daher erschien Schweers Behauptung auf den ersten Blick durchaus glaubhaft.

»Und wer hat die Tür des Ferienhauses in der Sonnenstraße verunstaltet?«, wollte Roland wissen.

»Die Tür? Dafür hat sich Svea entschieden«, lautete die Antwort.

»Auch das Oberlicht der Yacht *Windbirg* ist beschädigt worden ...«

»Ja, Frau Fedder. Das hat Florian getan.«

Genauso dachte ich es mir, ging es der Kommissarin durch den Kopf. Die Zurückweisung durch Eva Kohlhoff war für den eitlen Studenten offenbar Grund genug gewesen, um sich an der Yacht des Ehepaars zu vergreifen.

»Und wie kamen Sie auf die Idee, ein Siegel auf dem Wrack beim Billriff anzubringen?«, fragte der Kommissar.

»Ich wollte einen Ort wählen, wo es nicht ganz so einfach ist, mit dem Petschaft und dem Siegellack zu hantieren«, murmelte Schweer. Er wirkte jetzt peinlich berührt. Oder wurde ihm allmählich bewusst, dass er wegen einer albernen Mutprobe sein Leben riskiert hatte? Antje wusste es nicht. Für sie war immer noch nicht klar, wer die Leiche »gebrandmarkt« hatte. Denn diese Person musste auch der Mörder sein.

»Herr Schweer, angeblich kennen Sie das Opfer Birgit Vinke nicht. Wir können diese Aussage nicht glauben, denn Sie wohnen immerhin mit Jule Vinke in einem Haus. Sie hat angeblich ihre Schwester zum letzten Mal am 20. August getroffen.«

»Das mag schon sein, Frau Fedder – aber nicht in meiner Gegenwart! Ich hörte davon, dass Jule eine ältere Schwester namens Birgit hatte. Aber ich wusste nicht, wie sie aussah, bis Sie mir das Foto der Leiche gezeigt haben.«

Die Kommissarin merkte, dass sie an diesem Punkt zunächst nicht weiterkam. Sie versuchte einen anderen Ansatz: »Wir haben Ihren Stempel sichergestellt. Also besitzen Ihre Freunde jeweils ein eigenes Exemplar dieses Siegels?«

Der Verdächtige nickte.

»Wenn Sie die Frau nicht umgebracht haben, muss es jemand anders gewesen sein«, stellte Antje fest. »Welchem Ihrer Freunde würden Sie denn zutrauen, für Birgit Vinkes Tod verantwortlich zu sein?«

»Keinem von ihnen. Zu so einer Grausamkeit wären sie nicht fähig!«, behauptete der Student. Roland fragte: «Auch Florian Brockstedt nicht? Wir wissen inzwischen, dass er und Jule Vinke ein Paar sind. Vielleicht war diese Beziehung der älteren Schwester ja ein Dorn im Auge. Ihr Freund scheint mit Frauen nicht gerade zimperlich umzuspringen. Wenn Birgit Vinke Jule vor ihm schützen wollte, könnte sie dadurch ihr Leben verwirkt haben.«

Schweer hatte im Verhör bisher eher zurückhaltend, kleinlaut und schuldbewusst gewirkt. Doch nun, da sein Freund unter Verdacht geriet, wurde er engagiert und leidenschaftlich: »Das ist kompletter Unsinn! Wenn Florian etwas will, dann bekommt er es auch. Ein Mann wie er hat es gar nicht nötig, Gewalt anzuwenden. Und wissen Sie auch, warum? Weil die Menschen ihn mögen und sich freuen, wenn sie ihm einen Gefallen tun oder in seiner Gunst aufsteigen können.«

»Dafür sind Sie ja das beste Beispiel«, stellte Roland trocken fest. Bevor der Verdächtige etwas erwidern konnte, klingelte Antjes Smartphone. Die Unterbrechung war den Kommissaren gar nicht recht, aber die Ordnungshüter mussten schließlich rund um die Uhr erreichbar sein. Antje ging hinaus und nahm das Gespräch an. Sie hatte zuvor die Anrufumleitung eingeschaltet, um während des Verhörs ungestört telefonieren zu können: »Moin, Sie sprechen mit der Polizei Juist. Mein Name ist Fedder. Was kann ich für Sie tun?«

Einen Moment lang herrschte Stille in der Leitung. Die Ermittlerin befürchtete schon einen Scherzanruf, als eine ihr bekannt vorkommende Frauenstimme erklang: »Hier spricht Maren Schmidt, Frau Fedder. Ich habe die ganze Nacht lang wachgelegen und über Florian nachgedacht. Dieser Mann muss gestoppt werden. Es war ein Fehler, damals meine Strafanzeige zurückzuziehen. Sein Vater hat mir Druck gemacht und mir Geld gegeben … aber ich muss mich jetzt endlich jemandem anvertrauen. - Wissen Sie, wozu Florian mich damals genötigt hat?«

»Sie können es mir verraten«, ermutigte die Kommissarin die Anruferin.

»Florian hat mich dazu gebracht, eine ganze Nacht auf einem Hochsitz für Jäger im Wald zu verbringen – und zwar splitternackt!«, gestand Brockstedts Ex-Freundin mit tonloser Stimme.

Kapitel 12

Was für ein Miesling!, dachte Antje. Dann kehrte sie ins Wachlokal zurück und forderte ihren Kollegen mit einer Handbewegung auf, zu ihr nach draußen zu kommen. Sie teilte Roland mit, was sie soeben erfahren hatte. Roland war anzusehen, dass er Brockstedts Verhalten ebenso abscheulich fand, wie sie selbst es tat. Die beiden gingen wieder hinein. Antje wandte sich an Schweer: »Es gibt neue Verdachtsmomente gegenBrockstedt. Ihr Freund scheint es zu lieben, andere Personen dazu zu bringen, sich selbst zu blamieren oder zu gefährden. Oder beides. - Wir werden hören, was er zu den Beschuldigungen zu sagen hat. Bevor wir nicht wissen, wer für den Tod von Birgit Vinke verantwortlich ist, bleiben Sie in unserer Arrestzelle.«

»Sie werden schon noch merken, dass ich es nicht war – und Florian ebenfalls nicht.«

Diesen Satz gab der Verdächtige von sich, bevor sich die Stahltür wieder hinter ihm schloss.

»Wir sollten uns jetzt Brockstedt & Co. noch einmal intensiv zur Brust nehmen«, meinte die Kommissarin, »selbst wenn wir noch keinem von ihnen den Mord nachweisen können, hat Schweer durch seine Hinweise auf Einbruch und Sachbeschädigung die anderen Studenten auf jeden Fall belastet. Und dieser Anfangsverdacht sollte eigentlich reichen, um von ihnen allen DNA-Proben per Gerichtsbeschluss einfordern zu können.«

Sie ließ ihren Worten sogleich Taten folgen, indem sie die Staatsanwaltschaft über die neuesten Entwicklungen informierte. Ihr wurde versprochen, dass sie die Genehmigung baldmöglichst bekommen sollte. Nachdem sie sich bedankt und das Gespräch beendet hatte, sagte sie zu Roland: »Bevor wir zum Ferienhaus gehen, müssen wir noch Kollegen Amtshilfe leisten und einen Verdächtigen festnehmen.«

»Wen denn?«

»Deinen Cousin.«

Der Kommissar lächelte. Offenbar rechnete er damit, dass sie ihrem Scherz die Pointe folgen lassen würde. Doch sie musste ihn enttäuschen: »Ich habe meine Worte durchaus ernstgemeint. Oliver wird sich für eine Straftat verantworten müssen, die er begangen hat – oder bei der er zumindest Komplize war.«

»Ich verstehe nur noch Bahnhof«, gab er zurück. Sein Gesichtsausdruck spiegelte deutlich seine Verwirrung wider.

»Vertrau mir einfach – und lass dich überraschen«, bat sie ihn.

»Es wird mir wohl nichts anderes übrigbleiben«, erwiderte der Kommissar. Antje besaß durchaus Humor, obwohl sie sich selbst nicht als Ulknudel betrachtete. Und wenn es um dienstliche Belange ging, riss sie ganz sicher keine Witze. Darüber war sich auch Roland im Klaren. Daher hielt er jetzt zunächst einmal den Ball flach und nervte sie nicht mit Nachfragen, während die beiden zum *Hotel Norwegischer Hof* radelten. Es war ein schöner sommerlicher Vormittag, momentan herrschte noch eine frische Brise. Am Schiffchenteich hatten sich bereits einige Kinder mit ihren Spielzeugbooten eingefunden. Die erste Fähre des Tages war angekommen, und soeben eingetroffene Urlauber strebten mit ihren Rollkoffern oder Handkarren den Quartieren zu. Die Polizisten betraten das Hotel, in dem Rolands Cousin abgestiegen war. An der Rezeption erfuhren sie, dass er beim Frühstück saß. Der Speiseraum befand sich in einem weitläufigen Wintergarten mit Blick auf die Nordsee. Oliver hatte es sich an einem Tisch am Fenster bequem gemacht. Er köpfte gerade ein Hühnerei, als die

Beamten auf ihn zu kamen. Seine Augen begannen zu leuchten, als er die Kommissarin bemerkte: »Hey, was für ein erfreulicher Anblick! Du siehst ja in Uniform noch schärfer aus als im Kleid, Antje! Und mein Lieblingscousin wirkt auch ziemlich schneidig.«

Die Polizistin blieb kühl und sachlich: »Ich möchte Sie bitten, uns zur Wache zu begleiten.«

»Jetzt wäre ich beinahe auf deine Leichenbittermiene hereingefallen«, gab Oliver lachend und augenzwinkernd zurück. Er fügte hinzu: »Macht euch mal locker und hockt euch zu mir. Es ist genug Kaffee für alle da!«

»Wir vollstrecken einen Haftbefehl, den die Staatsanwaltschaft Köln für Sie ausgestellt hat«, sagte Antje. »Sie stehen in dringendem Verdacht, in einen Einbruch in Ehrenfeld verwickelt zu sein.«

Als sie die Domstadt erwähnte, änderte sich Olivers Miene schlagartig, wenn auch nur für einen Moment. Er wirkte ihrer Meinung nach wie ein ertappter Sünder. Aber dann hatte er sich wieder im Griff und versuchte, weiterhin den Ahnungslosen zu spielen: »Was ist denn mit deiner Freundin los, Roland? Ist sie heute mit dem falschen Fuß aufgestanden? Oder bin ich ihr gestern auf den Schlips getreten? Das war ehrlich nicht meine Absicht. Du kennst mich, ich ein lockerer Typ.«

Der Verdächtige hoffte offenbar, bei seinem Verwandten eher auf Verständnis zu treffen. Aber er biss auf Granit.

»Du hast die Kollegin gehört, mach uns bitte keine unnötigen Schwierigkeiten«, sagte Roland nachdrücklich. Oliver schaltete auf stur: »Ich weiß überhaupt nicht, worin euer Problem besteht!«

Die Polizistin zeigte auf sein Handgelenk: »Wenn man schon an einem Einbruch beteiligt ist, dann sollte man nicht einen Teil der Beute so auffällig spazieren führen. - Ich habe Ihnen keine Sekunde lang geglaubt, dass Sie Event-Manager sind. Und ich dachte mir, dass es nichts schaden könne, wenn ich ein Foto Ihrer auffälligen Uhr den Kollegen in Köln zukommen lasse – nachdem Sie mir verraten hatten, dass Sie dort wohnen. Und tatsächlich: Bei einem Einbruchdiebstahl vor zwei Wochen wurde eine Uhrensammlung entwendet, zu der auch dieses wertvolle Stück gehört. - Sie werden erklären müssen, wie Sie in den Besitz dieses Zeitmessers gelangt sind.«

Das Gesicht des Ganoven verzerrte sich vor Wut: »Du hinterhältiges Biest hast mich aufs Kreuz gelegt!«

Roland trat einen Schritt näher: »Zieh hier keine Show ab, Oliver. - Komm jetzt einfach mit uns nach draußen.«

Der Kerl schien zu überlegen, wie es weitergehen sollte. Es war der Polizistin nicht entgangen, dass auf dem Tisch ein Besteckmesser lag. Sie behielt es im Blickfeld, falls er danach greifen würde. Aber er besaß Verstand genug, es zu unterlassen. Stattdessen stand er auf und warf seine Serviette auf den Tisch. Die Kommissare führten ihn unter den neugierigen Augen der anderen Hotelgäste hinaus.

»Was glotzt ihr so?«, grollte Oliver. Als sie das Gebäude verlassen hatten, wurde er von Roland nach Waffen und gefährlichen Gegenständen durchsucht, während Antje ihn wachsam im Auge behielt.

»Eine Schande ist das … der eigene Cousin behandelt mich wie einen Schwerverbrecher!«

»Das könnte daran liegen, dass du wirklich etwas zu verbergen hast«, gab Roland genervt zurück. Die Kommissarin kannte ihren Freund. Er war jetzt nicht nur wütend, sondern auch enttäuscht. Dennoch würde er sich nicht zu unüberlegten Handlungen hinreißen lassen, dafür war seine Selbstbeherrschung zu stark. Zum Glück beschloss Oliver, ab sofort zu schmollen. Er sagte kein Wort mehr – auch nicht, als er wenig später in die zweite freie Arrestzelle der Polizeistation gesperrt wurde. Als die

Beamten die Wache wieder verlassen hatten, machte Roland seinem Herzen Luft: »Ich weiß nicht, was ich sagen soll, Antje – Oliver war immer das schwarze Schaf der Familie. Wir hofften, dass er die Kurve kriegt, aber momentan sieht es nicht danach aus. Wie bist du ihm überhaupt auf die Schliche gekommen?«

»Es war zunächst nur eine vage Vermutung«, gab sie zu, »weil seine Sprüche nicht mit der Wirklichkeit übereinstimmten. Wenn er wirklich ein so erfolgreicher *Event-Manager* wäre, hätte er sich wahrscheinlich in den nächsten Flieger nach Thailand gesetzt – wo er doch dort angeblich Gott und die Welt kennt. Er wollte mir sogar einen Job als Securitychefin in so einem Stripschuppen verschaffen.«

Der Kommissar verzog den Mund: »Ich weiß nicht, ob ich lachen oder weinen soll!«

»Wieso? Traust du mir das nicht zu?«, fragte sie augenzwinkernd, wurde aber gleich wieder ernst: »Ich fand es unglaubwürdig, dass Oliver aus purer Sehnsucht nach dir unsere schöne Insel besuchen wollte. Entschuldigung, das ist nicht persönlich gemeint. Also dachte ich mir, dass es einen anderen Grund geben müsse – zum Beispiel, dass ihm in Köln der Boden zu heiß unter den Füßen geworden ist. Und dass er in der Domstadt wohnt, konnte ich ihm problemlos entlocken.«

»Du weißt eben, wie man mit Verdächtigen umgehen muss«, lobte Roland und fügte hinzu: »Ich konnte mir selbst nicht vorstellen, dass mein Cousin plötzlich die verwandtschaftliche Bindung an mich verstärken will. Wir haben wirklich fast nicht gemeinsam – besonders, seit ich Polizist geworden bin.«

Antje nickte und fuhr fort: »Mir fiel seine Angeberuhr sofort ins Auge. Ich machte unter einem Vorwand ein Foto davon und schickte es an die Kölner Kollegen – mit der Bitte um Überprüfung. Sie sollten herausfinden, ob es sich vielleicht um gestohlene Ware handeln könnte. Und der Anruf vorhin bestätigte diesen Verdacht. Oliver wird also viel zu erklären haben, wenn er nach Köln zurückgeschafft wird.« Sie machte eine kurze Pause und sagte dann: »Die thailändische Bar wird also ohne eine neue Sicherheitsbeauftragte auskommen müssen.«

Antje machte eine kurze Pause, dann atmete sie tief durch und sagte: »Ich habe dir noch nicht alles über mein Gespräch mit Oliver erzählt, Roland. Er hat behauptet, du wärst nach Juist gekommen, um dich vor der Mutter deines Kindes in Sicherheit zu bringen. - Du weißt, dass ich dir vertraue … trotzdem, ich weiß nicht, was ich von dieser Behauptung halten soll.«

Roland war sichtlich erschüttert. Er erwiderte: »Das ist völlig aus der Luft gegriffen. Aber ich kann verstehen, dass du Gewissheit haben möchtest. Hat mein lieber Cousin zufällig den Namen dieser Frau genannt?«

Die Kommissarin schüttelte den Kopf. Er fuhr fort: »Das wundert mich nicht, Oliver ist ein Aufschneider und Lügenbold. Ich zeige dir einfach meine Kontoauszüge. Du wirst feststellen, dass ich an niemanden Alimente zahle.«

Antje merkte meist sehr schnell, wenn jemand sie hinters Licht führen wollte. Und ihr Freund kam ihr in diesem Moment sehr aufrichtig vor.

»Ich glaube dir«, versicherte sie erleichtert, »und wir müssen nie wieder darüber sprechen.«

Mit diesen Worten legte sie ihre Arme um seinen Nacken und gab ihm einen Kuss.

»Wir wollten doch Zärtlichkeiten während der Dienstzeit unterlassen«, neckte er sie.

»Besondere Zeiten erfordern eben besondere Maßnahmen«, gab sie augenzwinkernd zurück und genoss das Gefühl der Beruhigung, das sich in ihrem Inneren breitmachte. Die beiden verließen nun das Polizeirevier und fuhren Richtung Ferienhaus. Dort stellten sie ihre Räder ab und klingelten. Erneut wurde ihnen von Svea Lang geöffnet. Die Studentin schaute die Kommissare fragend an.

»Moin, wurden Sie wieder zum Klappehalten verdonnert?«, wollte Roland wissen. Sie hob ihre sorgfältig gezupften Augenbrauen: »Ein Begriff wie *Klappehalten* gehört nicht zu meinem Wortschatz, Herr Witte. Und alles, was ich tue, geschieht freiwillig – dazu muss mich niemand *verdonnern.*«

»Wollen Sie gar nicht wissen, was mit Ihrem Freund Jannis Schweer geschehen ist?«

Diesen Satz sprach Antje aus.

»Wenn Sie schon so fragen, dann werden Sie es mir bestimmt gleich verraten«, erwiderte Svea Lang.

»Ja – Ihnen und den übrigen Gruppenmitgliedern. Aber erst, nachdem Sie uns hereingelassen haben«, sagte die Polizistin. Die Studentin zuckte mit den Schultern und trat zur Seite, damit die Kommissare hereinkommen konnten. Sie gab sich cool, aber Antje kaufte ihr diese Haltung nicht ab. Natürlich würde sich das Trio Gedanken über Schweers Verschwinden gemacht haben. Ob sie wussten, dass er an dem Wrack ein Siegel hatte anbringen wollen? Wenn der Verdächtige sein Smartphone wirklich in der Nordsee verloren hatte – und daran zweifelte die Polizistin nicht – dann war er telefonisch nicht erreichbar gewesen. Aber es gab ja noch das billige Einweghandy, das sich in der Umhängetasche befunden hatte. Ob er auf dem Gerät angerufen worden war? Jedenfalls nicht, während sie auf der Wache oder am Vorabend auf dem Weg dorthin gewesen waren. Brockstedt und Jule Vinke saßen in der Küche des Ferienhauses. Beide trugen wieder lässige Freizeitkleidung, so wie am Vortag. Die Tischplatte war mit Geschirr und Essbarem gefüllt, offenbar fand gerade ein ausgiebiges

Frühstück statt. Es duftete nach frischem Kaffee und Brötchen.

»Was für eine angenehme Überraschung!«, spöttelte Brockstedt, als die Kommissare den Raum betraten. »Können wir Ihnen etwas anbieten?«

»Nein, danke«, gab Antje förmlich zurück. »Wir möchten mit Ihnen über Jannis Schweer sprechen. Vermissen Sie ihn gar nicht?«

»Er wird wohl noch an der Matratze horchen«, behauptete der Student. »Jannis ist ein richtiger Langschläfer.«

»Wir sollten die Schmierenkomödie jetzt beenden«, sagte Roland. »Schweer befindet sich in Polizeigewahrsam. Er steht im dringenden Verdacht, Ihre Schwester ermordet zu haben.«

Während er den letzten Satz aussprach, zeigte er auf Jule Vinke. Die junge Frau erschrak – aber aus welchem Grund? Weil sie diesen Mann wirklich für den Täter hielt? Oder weil es sie nervös machte, dass er hinter Gittern saß und auspacken konnte?

»Hat Jannis schon gestanden?«, fragte Brockstedt mit einem heiteren Tonfall. So, als ob er sich nach Antjes Lieblingstier oder ihrer bevorzugten Farbe erkundigen würde. Die Kommissarin hielt seinem Blick stand: »Ja – allerdings nicht den Mord. Jannis Schweer musste aus der Nordsee gerettet werden, weil er an einem Wrack am Billriff ein Siegel angebracht hat. Außerdem belastete er Sie alle, was ähnliche Straftaten angeht. Wir reden also von Einbruch sowie Sachbeschädigung.«

Der Student lachte.

»Sie finden diesen Tatvorwurf amüsant?«, vergewisserte Roland sich.

»Jannis soll also ein Wrack kaputtgemacht haben, indem er dort mit Siegellack hantierte? Ist Ihnen nicht bewusst, wie absurd sich das anhört? Es ist, als ob jemand Müll beschädigen wollte. Abfall ist doch *per definitionem* schon wertlos.«

Svea Lang und Jule Vinke hingen an Brockstedts Lippen, während er den Ernst seiner Lage anscheinend noch nicht erkannt hatte – oder sich unangreifbar fühlte, weil sein Vater Rechtsanwalt war.

»Ist es denn wahr, was Ihr Freund behauptet?«, wollte die Kommissarin wissen. »Er sagte aus, dass Sie alle mit solchen Siegeln aktiv geworden sind.«

Brockstedt rollte mit den Augen und entgegnete: »Ja, mein Gott! Ich bekenne mich schuldig, auf einer Yacht ein Siegel hinterlassen zu haben. Was wollen Sie jetzt tun? Mich ins Kittchen stecken?«

»Es ist gut, dass Sie die Sachbeschädigung zugeben«, stellte Antje klar. »Aber wir ermitteln vorrangig wegen des Mordes an Birgit Vinke!«

Mit diesen Worten zeigte sie dem Studenten und dessen Freundin ein Foto der Leiche. Das Siegel auf ihrem Körper konnte man eindeutig erkennen. Brockstedts Kiefer klappte herunter, er wirkte plötzlich ernsthaft betroffen. Und Jule Vinke brach sofort in Tränen aus.

Kapitel 13

Der Student legte den Arm um ihre Schultern, um sie zu trösten. Er kam der Kommissarin in diesem Moment nicht mehr überheblich, sondern geradezu fürsorglich vor. Als er sich wieder an Antje wandte, war er ziemlich kleinlaut: »Damit haben wir nichts zu tun, das müssen Sie mir glauben! Jule hat gestern noch ihre Eltern angerufen und sie über den Tod ihrer Schwester unterrichtet. Wer immer Birgit umgebracht hat, will es uns in die Schuhe schieben.«

»Beweisen Sie es!«, forderte Roland. »Auf dem Leichnam befindet sich wahrscheinlich Täter-DNA. Wenn Sie alle uns eine Probe Ihres genetischen Fingerabdrucks liefern, können wir Sie leicht als Verdächtige ausschließen – oder eben nicht.«

Brockstedt zögerte. Der Kommissar griff in die Hosentasche. Gleich darauf klingelte das Smartphone des Studenten, es lag auf dem Küchentisch.

»Wollen Sie das Gespräch nicht annehmen?«, fragte Roland und zog das Einweghandy hervor, mit dem er soeben die einzige eingespeicherte Nummer angerufen hatte. Sie gehörte offensichtlich Brockstedt.

»Jannis sollte eine Mutprobe bestehen und sich melden, wenn er sie hinter sich gebracht hatte«, behauptete der Student, »nur zu diesem Zweck diente das Einweghandy. Sie mögen das absonderlich finden, aber deshalb haben wir noch lange nichts mit dem Tod von Jules Schwester zu tun.«

Plötzlich hob Jule Vinke den Kopf. Sie fuhr sich mit beiden Handflächen über das Gesicht, um ihre Tränen wegzuwischen. Dann sagte sie mit brüchiger Stimme: »Es geht Ihnen um DNA? Dann nehmen Sie mich am besten gleich mit. Denn meine Freunde haben damit nichts zu tun!«

Antje war überrascht. In ihren Augen war Brockstedt der Hauptverdächtige. Wollte die junge Studentin nun die

Schuld auf sich nehmen, um ihn zu schützen? Er begehrte jedenfalls auf: »Du sagst jetzt kein Wort mehr, Jule! Ich ruf gleich Papa an, er kann mit dem Flieger vielleicht sogar heute noch hierherkommen und dich verteidigen!«

»Ich trete für mich selbst ein«, erwiderte Jule Vinke mit fester Stimme. Sie machte sich von Brockstedts Arm los und sagte: »Lassen Sie uns gehen.«

Diese Bitte kam den Kommissaren entgegen. Es war ein gutes Zeichen, dass die junge Frau mit ihnen sprechen wollte – solange sie ihnen keine Lügen auftischte. Und es war gewiss einfacher für sie, wenn ihre Freunde nicht anwesend waren. Antje hielt es jedenfalls für ein gutes Zeichen, dass sie gegen den dominanten Brockstedt aufbegehrt hatte.

»Ich werde meinen Vater sofort alarmieren!«, rief der Student den Ermittlern nach, als sie mit seiner Freundin das Ferienhaus verließen. Eine halbe Stunde später saß Jule Vinke in der Wache den Kommissaren gegenüber. Sie wirkte immer noch traurig und angespannt, aber gefasst. Roland hatte sie soeben über ihre Rechte belehrt.

»Als ich das Foto von Birgits Leiche gesehen habe, war ich wegen des Siegels schockiert«, erklärte sie, »denn dadurch müssen Sie zwangsläufig uns verdächtigen. Aber ich habe meine Schwester nicht umgebracht. Und ich glaube auch nicht, dass meine Freunde es gewesen sind.«

»Wenn das so ist – warum haben Sie dann so getan, als ob Sie schuldig wären?«

»Das ist ein falscher Eindruck, Herr Witte. Sie werden aber gewiss meine DNA an Birgits Körper finden, auch wenn ich sie nicht getötet habe.«

»Erzählen Sie uns einfach, was geschehen ist«, schlug Antje vor. Sie hatte Tee gekocht und das passende Geschirr sowie das nötige Zubehör bereitgestellt. Die Studentin nippte an ihrer Tasse und begann: »Ich habe Ihnen nicht ganz die Wahrheit gesagt, was mein letztes Treffen mit Birgit angeht. Sie ist – war – älter als ich und neigte leider dazu, mich bevormunden zu wollen. Sie meinte, dass Florian nicht gut für mich wäre. Ich weiß, dass er manchmal sehr bestimmend sein kann. Aber ich bin bis über beide Ohren in ihn verliebt, verstehen Sie? Das habe ich meiner Schwester auch gesagt. Und ich versuchte ihr klarzumachen, dass ich volljährig bin und eigene Erfahrungen machen möchte. Sie behandelte mich trotzdem wie ein kleines Kind. Wir kriegten uns richtig in die Wolle, und ich habe sie gekratzt. Daher könnte ich mir sehr gut vorstellen, dass Sie meinen genetischen Fingerabdruck bei ihr sicherstellen werden.«

»Sie sagten bei der ersten Befragung, dass Sie Ihre Schwester am 20. August zum letzten Mal gesehen hätten«, erinnerte Antje.

»Das stimmt auch, Frau Fedder. Es muss gegen 17 Uhr gewesen sein. Wir hatten uns für eine Aussprache unter vier Augen getroffen, an einer einsamen Stelle am Strand. Es gab keine Zeugen, auch Florian war nicht dabei.«

»Laut Jannis Schweer haben Sie ein Siegel im Zimmer Ihrer Schwester angebracht«, sagte Roland. Die Studentin schlug die Augen nieder: »Ja, das habe ich zu verantworten. Stolz bin ich darauf nicht, aber zu der Zeit wusste ich noch nicht, dass Birgit tot ist.«

»Wann sind Sie in die Pension eingedrungen?«, wollte Roland wissen.

»Am Einundzwanzigsten, irgendwann nachmittags. Es war einfacher, als ich befürchtet hatte. Birgits Zimmernummer kannte ich, die hatte sie mir selbst verraten. Ich könnte jederzeit zu ihr kommen, wenn ich von meinem Freund die Nase voll hätte. - Die Eingangstür stand offen, die Wirtin hatte gerade im Garten gearbeitet und mich nicht bemerkt. Mit einem Schraubendreher konnte ich die Zimmertür aufkriegen. Natürlich hätte die Gefahr bestanden, dass meine Schwester mich überrascht. Aber bei dem schönen Wetter war sie gewiss am Strand. Niemand sah mich kommen und gehen.«

»Ich habe immer noch nicht ganz verstanden, wozu diese Mutprobe gut sein soll«, gab der Kommissar zu.

»Florian hat das von uns verlangt, um uns stärker zu machen«, gab die Verdächtige altklug zurück. »Es geht darum, innere Barrieren zu überwinden.«

»Wir müssen Ihre Geschichte nachprüfen«, erklärte die Kommissarin. »Dafür benötigen wir das Werkzeug, den Stempel und den Siegellack.«

Jule Vinke seufzte und erwiderte: »Den Schraubendreher kann ich Ihnen geben, der liegt noch in meinem Zimmer im Ferienhaus. Aber die anderen Sachen sind verschwunden. Ich habe schon meine Freunde danach gefragt, aber keiner von ihnen will sie gesehen haben.«

War diese Aussage glaubhaft? Der Streit zwischen den Schwestern stellte ein überzeugendes Motiv dar, auch die Schrammen auf Birgits Unterarmen wiesen auf Jule hin. Aber warum hätte die Studentin das Siegel gleich zweimal – im Zimmer und auf dem Körper ihrer Schwester – anbringen sollen, um sich der Polizei gegenüber ganz besonders verdächtig zu präsentieren? Das Klingeln des Telefons unterbrach Antjes Überlegungen. Sie nahm den Hörer ab, meldete sich mit Namen und Dienstgrad.

»Moin, hier spricht Dr. Hauk vom gerichtsmedizinischen Institut Oldenburg. Ich habe hier gerade die weibliche Leiche vor mir, die wir obduzieren sollen. - Der Tod ist durch Unterbrechung der Sauerstoffzufuhr zum Gehirn eingetreten, das hat der Kollege vor Ort ja schon richtig erkannt. Sie benötigen jetzt wahrscheinlich noch den Todeszeitpunkt, nicht wahr?«

»Das wäre hilfreich, Herr Doktor.«

»Ich kann den Zeitraum auf den 21. August zwischen 12 und 14 Uhr eingrenzen, präziser bekomme ich es nicht hin. Die Frau hatte weder Alkohol noch Drogen im Blut – und sexueller Missbrauch kann ausgeschlossen werden.«

»Was ist mit den Würgemalen? Konnte dort Täter-DNA gesichert werden?«

»Leider nicht, Frau Fedder. Es gibt lediglich fremde genetische Spuren in den Kratzern auf den Armen der Frau. Die Proben habe ich bereits an das kriminaltechnische Labor weitergeleitet.«

Die Kommissarin bedankte sich und beendete das Telefonat. Sowohl Jule als auch Roland schauten sie erwartungsvoll an, da der Lautsprecher nicht eingeschaltet gewesen war. Antje fragte die Schwester der Toten nach ihrem Alibi für das angegebene Zeitfenster. Die Studentin musste nicht lange überlegen: »Am 21. August mittags? Da bin ich mit Florian bei diesem Gratiskonzert am Strand gewesen.«

Die Kommissarin hatte von der Veranstaltung gehört und auch selber kurz vorbeigeschaut. Ihrer Einschätzung nach befanden sich ungefähr hundert Personen in Hörweite der Amateurband, die mit fröhlichem Sommerpop für gute Unterhaltung gesorgt hatte. Die Polizistin konnte sich nicht daran erinnern, Jule Vinke dort gesehen zu haben. Und ein Alibi durch Brockstedt, der selbst verdächtig war, kam ihr sehr dürftig vor. Noch während ihr diese Überlegung durch den Kopf ging, sagte Roland: »Es gibt eine neutrale Person, die Ihre Angaben bestätigen könnte – oder eben nicht. Ich schlage vor, dass Sie vorerst zu Ihren Freunden zurückgehen. Wir müssen Sie nur bitten, Juist einstweilen nicht zu verlassen.«

Seine Worte schienen die Studentin positiv zu überraschen. Sie erhob sich zögernd und wandte sich zur Tür: »Sie werden merken, dass ich die Wahrheit sage. - Ja, Birgit und ich waren in vielen Dingen nicht derselben Meinung. Aber deshalb bringe ich doch meine eigene Schwester nicht um!«

Mit diesen Worten verließ sie die Wache und ging Richtung Ferienhaus davon. Antje schaute ihr durchs Fenster hinterher und sagte: »Erst habe ich dich mit Olivers Verhaftung überrascht, nun bin anscheinend ich an der Reihe, um verblüfft zu sein. - Wer ist denn diese Zeugin, die mit den Studenten nicht verbandelt ist?«

»Niemand anders als unsere Bürgermeisterin, Antje! - Als ich bei Silke war, um ihren Küchenausguss zu reparieren, erzählte sie mir begeistert von diesem Konzert. Sie hielt es für eine erstklassige Juist-Werbung – zumal die Musiker ihr erlaubt haben, einen Zusammenschnitt auf der offiziellen Homepage unserer Insel hochzuladen. Deine zukünftige Stiefmutter hat höchstpersönlich den gesamten Auftritt gefilmt. Sie wird uns das Material bestimmt gern zur Verfügung stellen, wo sie doch immer so engagiert bei der Polizeiarbeit mitwirken will.«

»Das hast du sehr freundlich ausgedrückt«, erwiderte die Kommissarin seufzend. Natürlich musste das Alibi der jungen Frau gecheckt werden. Und das Video bot dafür eine gute Chance, wenn die Aufnahmen das Publikum zeigten. Die beiden fuhren sofort zum Rathaus hinüber. Sie hatten Glück, denn Silke Meester hielt sich ausnahmsweise in ihrem Büro auf. Sie hatte meist »Hummeln im Hintern«, wie Tjark Fedder es auf seine seemännisch-derbe Art ausdrückte. Die Amtsträgerin raste gern auf ihrem eleganten Damenrad von einem Termin zum nächsten, weil sie am liebsten vor Ort war und so viele Dinge wie möglich selbst erledigte. Vom Delegieren hielt sie nicht viel. Daher wunderte Antje sich nicht darüber, dass die Bürgermeisterin sich auch als Kamerafrau betätigt hatte. Die Kommissare trugen ihre Bitte vor. Silke Meester war sofort Feuer und Flamme: »Ich habe schon damit begonnen, das Material auszuwerten. Aber ihr könnt natürlich die Originaldatei bekommen, auf der fast zwei Stunden Musik zu hören und zu sehen sind. - Habt ihr denn schon einen Verdacht, wer der Mörder sein könnte?«

Natürlich war die Nachricht von Birgit Vinkes Tod längst bei der Amtsträgerin angekommen, was auf einer so kleinen Insel nicht verwunderlich war.

»Wir verfolgen einige heiße Spuren«, gab Antje ausweichend zurück. Sie konnte und wollte die Neugier der Bürgermeisterin in diesem Moment nicht befriedigen. Die Kommissarin bemerkte Silke Meesters enttäuschten Gesichtsausdruck und fügte schnell hinzu: »Du hast unsere Ermittlungen entscheidend vorangebracht, und dafür danken wir dir.«

Diese Aussage schien die Amtsträgerin wieder halbwegs zu versöhnen. Die Polizisten bekamen einen USB-Stick, auf dem das gesamte Konzertmaterial abgespeichert war. Auf dem Rückweg zur Wache legten die beiden einen kurzen Zwischenstopp bei *Frankies Grill* ein, um zwei Portionen Currywurst und Pommes frites mitzunehmen. Während sie auf der Polizeistation das Video zu sichten begannen, stärkten sie sich für den Rest des Arbeitstages.

»Da sind Jule und Brockstedt«, meinte Roland kauend, wobei er auf den PC-Monitor deutete. »Offenbar wollten sie sich einen Platz in der ersten Reihe sichern.«

Antje nickte. Das Studentenpaar hatte es sich auf einem Badelaken bequem gemacht, wie man in dem Video deutlich sehen konnte. Sie befanden sich nur wenige Meter von der Band entfernt, als diese ihre Instrumente stimmte und dann ein rhythmisches tanzbares Lied zu spielen begann. Im unteren Bereich der Aufnahme war ein Zeitstempel zu sehen, der sich ausblenden ließ. Das Konzert hatte nur wenige Minuten nach zwölf Uhr mittags begonnen. Die Kommissarin erinnerte sich, selbst um diese Zeit die ersten

Popsongs gehört zu haben. Sie konzentrierte sich nach wie vor auf das Video. Die Bürgermeisterin hatte ihre Kamera meist auf die Bandmitglieder gehalten, die offensichtlich großen Spaß an ihrem Strandauftritt gehabt hatten. Doch alle paar Minuten war bei einem Kameraschwenk auch das Publikum zu sehen. Nach dem zweiten oder dritten Stück fuhr die Musik Jule und ihrem Freund – sowie einigen anderen Anwesenden – offenbar in die Beine. Sie erhoben sich aus ihrer sitzenden Position und begannen zu tanzen. Besonders die Studentin war dabei nicht zu übersehen, weil sie ein grell orangefarbenes Top anhatte und ihre langen Haare wild im Seewind flatterten. Antje spulte immer mal wieder ein paar Minuten vor. Aber ganz offensichtlich hatte das junge Paar vom ersten Lied bis zur letzten Zugabe ausgeharrt. Der Kommissar lehnte sich in seinem Bürostuhl zurück und murmelte: »Das ist doch mal ein wasserdichtes Alibi, oder? Wenn der Gerichtsmediziner mit seiner Einschätzung der Tatzeit nicht völlig danebenliegt, können wir die Schwester und ihren Freund von der Verdächtigenliste streichen. - Es ist allerdings nach wie vor möglich, dass Svea Lang oder Jannis Schweer den Mord begangen haben.«

Seine Kollegin war skeptisch: »Warum hätten sie das tun sollen?«

»Weil Brockstedt es einem von ihnen befohlen hat«, schlug er vor. Antje schüttelte den Kopf: »Nein, das glaube ich nicht. - Der Student mag ein manipulativer Mistkerl sein, der seine Freunde dazu bringt, auf Reiskörnern zu knien. Aber ein eiskalter Mord ist ein ganz anderes Kaliber, oder? Außerdem passt es vom Ablauf her nicht. Wir sind uns doch wohl einig darüber, dass Birgit Vinke alles stehen- und liegengelassen hat, um jemandem hinterherzulaufen. Kannte sie Svea Lang und Jannis Schweer überhaupt? Und selbst wenn – warum hätte sie einen der beiden verfolgen sollen?«

»Du hast recht, auf diese Frage fällt mir keine plausible Antwort ein«, musste Roland zugeben. Das Telefon klingelte, und die Kommissarin nahm das Gespräch an. Sie meldete sich wie üblich mit Namen und Dienstrang.

»Ich bin Oberkommissarin Behrens von der Polizeidirektion Hannover«, stellte die Anruferin sich vor. »Sie hatten eine Anfrage wegen einer Benutzerin des Landesarchivs?«

»Ja, richtig. Ist etwas dabei herausgekommen?«, wollte Antje wissen.

»Es gibt dort keine Person namens Birgit Vinke, die sich hätte registrieren lassen«, lautete die Antwort der Kollegin aus der Landeshauptstadt. Sie schränkte ein: »Das muss allerdings nichts zu bedeuten haben. Wenn diese Frau beispielsweise nur jemanden abgeholt hätte, der dort forscht, müsste sie ihren Namen nicht preisgeben.«

Die Polizistin bedankte sich für die Information und legte auf. Roland hatte alles mitgehört: »Es ist schon seltsam, findest du nicht? Der einzige Zeuge, der etwas von einem neuen Freund des Opfers gewusst haben will, ist ausgerechnet ihr Ex. Und er hat sie natürlich nicht irgendwo mit einem anderen Mann gesehen, sondern beim Verlassen des Landesarchivs – also eines Orts, an dem man mit Siegeln versehene Dokumente vermuten würde!«

Seine Kollegin nickte, wobei sie grimmig wirkte: »Ja, Rücker wollte unsere Ermittlungen offenbar in eine bestimmte Richtung lenken. Und darum sollten wir uns ihn noch einmal zur Brust nehmen!«

Kapitel 14

Rücker schien inzwischen Stammgast im *Caipirinha Inn* zu sein. Als die Kommissare wenig später zu der Strandbar kamen und sich nach dem Gast erkundigten, mit dem sie am Vortag gesprochen hatten, wusste die Bedienung sofort Bescheid: »Ja, der Herr kommt öfter her. Ehrlich gesagt trinkt er manchmal über den Durst. Das sollte ich vielleicht nicht sagen, weil es schlecht fürs Geschäft ist, aber … es ist nicht immer einfach mit ihm.«

Antje hakte nach: »Wird er ausfallend? Hat er Sie belästigt?«

»Nein, das nicht«, erwiderte die Thekenkraft – eine junge Frau mit blonder Kurzhaarfrisur. Sie fuhr nach kurzem Nachdenken fort: »Es ist eher so, dass er wohl seiner großen Liebe nachtrauert. Wenn er ein paar Drinks intus hat, lässt er sich lang und breit über eine gewisse Birgit aus, die ihn in den Wind geschossen hat und die er zurückerobern will … obwohl, inzwischen scheint er über die Frau hinweggekommen zu sein. Neuerdings erwähnt er sie nicht mehr.«

Roland horchte auf: »Seit wann spricht er nicht mehr über seine Ex?«

»Ich weiß nicht genau … neulich, am Zwanzigsten, hat er mir noch wegen ihr ein Ohr abgekaut und war echt nervig … aber am nächsten Tag kam dann nichts mehr. Da hat er sich auch mit dem Alkohol etwas zurückgehalten«, lautete die Antwort.

Kein Wunder, dachte die Kommissarin. *Wenn Rücker Birgit Vinke am Einundzwanzigsten erwürgt hat, musste ihm ja klar sein, dass die Beziehung endgültig vorbei war.*

»Haben Sie diesen Gast heute schon gesehen?«, fragte der Polizist.

»Er ist ständig in meinem Blickfeld«, gab die Barfrau lächelnd zurück, »er lagert sich immer hier in der Nähe, damit er es nicht so weit zu seinem nächsten Drink hat. - Sehen Sie die grüne Strandmuschel da vorn in Richtung elf Uhr? Da liegt er in der Sonne.«

Antje und Roland bedankten sich. Sie tranken den Eiskaffee aus, den sie bestellt hatten. Außerdem gaben sie der aufmerksamen Zeugin ein gutes Trinkgeld. Wie alle Insulaner waren auch die Polizisten dankbar für jede Saisonkraft, die während der anstrengenden Sommermonate die Juister Gastronomie und Hotellerie am Laufen hielt. Ohne diese Menschen hätte das »Töwerland« ernsthafte Probleme bekommen, denn es lebte vom Tourismus. Die Ermittler gingen zu Rücker, der es sich im Schatten seines Windschutzes bequem gemacht hatte. Er war nur mit einer Badehose bekleidet und trug eine Sonnenbrille. Als er die beiden bemerkte, richtete er sich auf: »Hallo, da sind Sie ja schon wieder! Konnten Sie den Mörder meiner Freundin bereits verhaften?«

»Ex-Freundin«, berichtigte die Polizistin und fuhr fort: »Es haben sich noch einige Fragen ergeben. Bitte ziehen Sie sich etwas über, Sie müssen uns begleiten.«

»Selbstverständlich, ich helfe gern«, behauptete der Verdächtige. »Und entschuldigen Sie bitte, dass ich mich versprochen habe. Ich bin über Birgits Tod noch nicht hinweggekommen.«

Darauf erwiderten die beiden nichts. Rücker schlüpfte in ein T-Shirt und eine knielange Baumwollhose. Dann räumte er noch seine Sachen zusammen und folgte den Beamten. Er war erstaunt, als sie nicht den Weg zur Wache einschlugen.

»Wir möchten uns in Ihrem Pensionszimmer umschauen«, erklärte Roland, »sofern Sie nichts dagegen haben.«

»Ich habe nichts zu verbergen«, erwiderte der Verdächtige. Für einen Moment zweifelte die Kommissarin an ihrer

Einschätzung. Aber dann führte sie sich vor Augen, dass Rücker genug Zeit gehabt hatte, um sich auf seine Rolle vorzubereiten. Es dauerte nicht lange, bis sie die *Pension Schmoll* erreicht hatten. Rücker schloss sein Zimmer auf, das dem Standard einer Unterkunft der mittleren Preiskategorie entsprach. Der Verdächtige nahm in dem einzigen Sessel des Raums Platz, die Ermittler blieben stehen. Er schaute sie erwartungsvoll an. Antje sagte: »Sie stehen in dringendem Verdacht, Birgit Vinke ermordet zu haben.«

Anschließend belehrte sie ihn über seine Rechte. Rücker gab sich empört: »Falls das ein Scherz sein soll, kann ich nicht darüber lachen! Was ist mit dem Mann, in dessen Begleitung ich meine Ex-Freundin in Hannover gesehen habe?«

»Bisher scheint diese Person nur in Ihrer Fantasie zu existieren«, erwiderte Roland trocken.

»Nur weil Sie den Kerl nicht finden können?«, höhnte der Verdächtige. »Das könnte auch an Ihrer Unfähigkeit liegen, oder? - Was machen Sie da eigentlich?«

Seine letzte Frage bezog sich darauf, dass der Kommissar die Türen des Kleiderschranks geöffnet hatte.

»Sie sagten doch, dass Sie nichts zu verheimlichen hätten«, erinnerte Antje. Sie fuhr fort: »Wir konnten teilweise rekonstruieren, was Ihre Ex-Freundin kurz vor ihrem Tod getan haben muss. Es scheint, als ob sie im Bikini vom Strand weggelaufen wäre – wobei sie alle Besitztümer liegen ließ, sogar ihr Smartphone und ihre Geldbörse. Da stellt sich natürlich die Frage nach dem Grund für dieses Verhalten.«

»Darüber werden Sie mich gewiss sofort aufklären!«, spottete Rücker. Er hatte jetzt die Maske des kooperativen Zeugen fallengelassen. Die Kommissarin beobachtete ihn genau. Offenbar fühlte er sich seiner Sache immer noch sicher, weil es keine Tatzeugen gab – und auch keine Waffe, die man ihm hätte zuordnen können. Ihr Blick fiel auf seine Hände. Er war zweifellos kräftig genug, um einen Menschen erwürgen zu können. Aber warum hatte diese sehr körperliche Art des Tötens keine DNA-Spuren am Opfer hinterlassen? Kaum war der Kommissarin diese Frage in den Sinn gekommen, als ihr auch schon eine mögliche Antwort einfiel. Sie war verblüffend simpel.

»Was haben Sie eigentlich mit Birgit Vinkes Halstuch gemacht?«, fragte sie. Rücker zuckte zusammen, für einen Moment wirkte seine Miene wie die eines ertappten Sünders. Dann hatte er sich wieder unter Kontrolle.

»Sie sprechen in Rätseln, Frau Fedder«, schnarrte er. Sie ließ sich nicht beirren: »Die Hals- und Nackenpartie ist besonders empfindlich, was Sonneneinstrahlung angeht. Viele Urlauber haben sich schon Verbrennungen zugezogen, wenn sie zu lange ungeschützt am Strand geblieben sind. Deshalb sieht man bei einigen Touristen leichte Halstücher oder Schals, um diese Körperteile zu schützen. Ich vermute, dass auch Ihr Opfer ein solches Stoffteil trug. Als Sie Ihrer Ex-Freundin die Luftzufuhr abschnitten, lag zwischen Ihren Fingern und Birgit Vinkes Haut ein Halstuch. Und als sie nicht mehr lebte, nahmen Sie den Schal einfach mit, um ihn später wegzuwerfen.«

Rücker grinste breit: »Wenn Sie meinen – mir ist bloß nicht klar, wie Sie dies beweisen wollen.«

Roland meldete sich zu Wort: »Aber ich habe gerade ein sehr interessantes Indiz gefunden!«

Der Kommissar hatte sich bereits Latexhandschuhe übergestreift und zog nun ein Paar Leinenschuhe mit geflochtener Sohle aus dem Schrank. Antje kannte Sommerlatschen dieser Art – die ursprünglich aus Südeuropa stammenden Fußbekleidungen wurden *Espadrilles* genannt. Sie waren auch auf Juist weit verbreitet, und Rückers linker Schuh wies ein paar unverkennbare Flecken von Siegellack auf.

»Da müssen Sie wohl nicht richtig gezielt haben, als Sie die Flüssigkeit auf den Bauch der Toten träufelten«, vermutete Roland. Der Verdächtige erwiderte nichts, sondern warf ihm einen gereizten Blick zu und verschränkte die Arme vor der Brust.

»Wir kennen inzwischen die ungefähre Tatzeit«, sagte Antje. »Ihr Plan, den Mord Jule Vinke und Florian Brockstedt anhängen zu wollen, war an sich nicht übel. Sie konnten allerdings nicht ahnen, dass dieses Pärchen ein wasserdichtes Alibi hat. Die beiden zogen es vor, gemeinsam mit vielen anderen Menschen am Strand Musik zu hören. - Woher wussten Sie überhaupt, dass die Studenten sich mit Siegellack befasst haben?«

»Ich habe diese Idioten beobachtet!«, platzte der Mörder heraus. Jetzt, da ihm die Felle wegschwammen, schien er sein Gewissen erleichtern zu wollen. Vielleicht hatte er auch einfach nur kapiert, dass er seine Lage durch Bockigkeit nicht verbessern konnte. Er fuhr fort: »Selbstverständlich bin ich wegen Birgit nach Juist gekommen, auch wenn ich zuerst etwas anderes behauptet habe. Vor allem wollte ich herausfinden, ob es für mich einen Rivalen gibt. Deshalb beging ich nicht den Fehler, meine Ex-Freundin aufzusuchen. Ich schlich ihr lieber hinterher – auch, als es dieses Treffen in den Dünen gab. Aber da war kein anderer Mann, sondern nur ihre Schwester.«

»Darüber hätten Sie sich doch freuen können.«

»Ja und nein, Herr Witte. Einerseits war ich erleichtert, weil ich keinen ‚Nachfolger' hatte. Andererseits wusste ich, dass Jule mich nicht ausstehen konnte. Die beiden Frauen stritten sich, wurden sogar handgreiflich. Da beschloss ich, zunächst auch Jule auszukundschaften. So bekam ich Wind von dieser dämlichen Mutprobe mit den Siegeln.«

»Warum haben Sie Ihre Ex-Freundin umgebracht, anstatt um eine zweite Chance zu bitten?«, wollte die Kommissarin wissen.

»Das hatte ich ja vor, aber es kam anders«, beteuerte der Verbrecher. »Ich war darauf bedacht, von Birgit nicht bemerkt zu werden, aber am 21. August bin ich wohl unvorsichtig gewesen. Sie erblickte mich – und rannte wie eine Furie hinter mir her. Schließlich holte sie mich ein und schrie mich an, dass ich sie endlich in Ruhe lassen solle. Es kam zum Handgemenge. Ich wollte sie nicht umbringen, das müssen Sie mir glauben. Eigentlich war es ein Unfall.«

Die Kommissarin fand diese Behauptung zwar empörend, aber nicht verblüffend. Sie hatte es schon oft erlebt, dass Kriminelle keine Verantwortung für ihre Taten übernehmen wollten.

»Wie kam dann das Siegel auf der Leiche zustande?«, erkundigte sie sich kühl. Der Täter wand sich wie ein Aal, fand dann aber doch die Sprache wieder.

»Ich wollte nicht hinter Gitter wandern, weil ich in einem einzigen Moment die Beherrschung verloren hatte«, antwortete Rücker, »und diese Mutproben der verwöhnten Bengel und Mädels waren doch Steilvorlagen, um die Ermittlungen auf die Studenten zu lenken. Ich musste nur einen Stempel und Siegellack aus ihrem Ferienhaus klauen, was nun wirklich nicht schwer war. Dann kehrte ich zu Birgit zurück, die zum Glück noch nicht gefunden worden war. Dann brachte ich das Siegel an. Dabei hat mich niemand bemerkt. - Und die Flecken auf meinen Schuhen muss ich einfach übersehen haben. Wenn ich das Paar weggeworfen hätte, würden Sie mit leeren Händen dastehen.«

»Das können Sie nicht wissen«, meinte der Kommissar. »Viele Straftäter scheitern an ihrer eigenen Selbstüberschätzung.«

Und weil das so ist, können wir Schweer freilassen – und seine Zelle neu belegen, dachte Antje. Sie sagte: »Gut, dann gehen wir jetzt gemeinsam zur Wache und bringen Ihr Geständnis in Schriftform.«

Während sie später das Protokoll aufsetzte, blieb Roland nicht untätig.

»Ich hab auf dem Festland angerufen«, berichtete er. »Morgen kommen mit der ersten Fähre zwei Kollegen, um sowohl Rücker als auch meinen lieben Cousin nach Norddeich zu eskortieren. Ein Richter soll dann über die Verhängung von Untersuchungshaft entscheiden.«

Nachdem der Mörder die Papiere unterschrieben hatte, schloss sich die Tür der Arrestzelle hinter ihm. Die Kommissarin atmete tief durch und fuhr sich mit den Handflächen über das Gesicht.

»Woran denkst du?«, fragte ihr Kollege.

»An unsere Bürgermeisterin. Sie wird sich freuen, dass sie diesmal einen so wichtigen Beitrag zur Lösung des Falls leisten konnte.«

»Ja, darauf gebe ich dir Brief und Siegel!«, erwiderte Roland lachend und nahm Antje in die Arme.

ENDE

Ostfrieslandkrimi-Empfehlungen des Klarant Verlages

Lernen Sie auch die anderen Bücher der Ostfrieslandkrimi-Serie »**Witte und Fedder ermitteln**« von **Sina Jorritsma** kennen:

Die Kommissarin Antje Fedder ist ein waschechtes Juister Inselkind. Sie kennt ihr Heimat-Eiland wie ihre Westentasche. Als zurückhaltende Norddeutsche hat sie anfangs so ihre Probleme mit der charmanten und unbeschwerten Art ihres zugezogenen Kollegen Roland Witte. Doch Gegensätze ziehen sich bekanntlich an, und die beiden Polizisten lösen auf der kleinen Insel auch die kniffligsten Krimirätsel. Auch Antjes Vater Tjark Fedder steht ihnen mit Rat und Tat zur Seite, denn der Gastwirt schnappt viele Informationen auf. Nur die übereifrige Bürgermeisterin Silke Meester erschwert den Ermittlern oft die Arbeit.

In der Serie sind bereits folgende Ostfrieslandkrimis erschienen:

»Juister Herzen«, Band 1
Taschenbuch-ISBN: 978-3-95573-911-9
eBook-ISBN: 978-3-95573-912-6

Ein mysteriöser Todesfall versetzt die ostfriesische Insel Juist in Aufruhr. Im Bett einer Ferienwohnung liegt die Leiche einer jungen Frau. Doch weder sind äußere Verletzungen erkennbar, noch wohnte Diana Schröder in der Unterkunft, in der sie allem Anschein nach starb. Die Inselkommissare Antje Fedder und Roland Witte nehmen die Ermittlungen auf, und schnell finden sie heraus: Die Ferienwohnung wird von einer Selbsthilfegruppe gemietet, deren Mitglieder ihre große Liebe verloren haben. Juister Herzen nennt sich die Veranstaltung auf der idyllischen Nordseeinsel, die helfen soll, verletzte Seelen wieder zu heilen. Aber wie kam Diana überhaupt in dieses Bett? Und weshalb trug sie eine Pistole bei sich? Ins Visier der Ermittlungen gerät Clemens Vogt, der Leiter der Selbsthilfegruppe. Die Inselkommissare bezweifeln seine guten Absichten und stoßen schließlich doch auf eine überraschende Verbindung zwischen den Juister Herzen und der Toten ...

»Juister Düfte«, Band 2
Taschenbuch-ISBN: 978-3-95573-957-7
eBook-ISBN: 978-3-95573-958-4

»Juister Reiter«, Band 3
Taschenbuch-ISBN: 978-3-96586-027-8
eBook-ISBN: 978-3-96586-028-5

»Juister Taucher«, Band 4
Taschenbuch-ISBN: 978-3-96586-088-9
eBook-ISBN: 978-3-96586-089-6

»Juister Düne«, Band 5
Taschenbuch-ISBN: 978-3-96586-126-8
eBook-ISBN: 978-3-96586-127-5

»Juister Hochzeit«, Band 6
Taschenbuch-ISBN: 978-3-96586-176-3
eBook-ISBN: 978-3-96586-177-0

»Juister Lüge«, Band 7
Taschenbuch-ISBN: 978-3-96586-217-3
eBook-ISBN: 978-3-96586-218-0

»Juister Perlen«, Band 8
Taschenbuch-ISBN: 978-3-96586-267-8
eBook-ISBN: 978-3-96586-268-5

»Juister Zeuge«, Band 9
Taschenbuch-ISBN: 978-3-96586-307-1
eBook-ISBN: 978-3-96586-308-8

»Juister Clown«, Band 10
Taschenbuch-ISBN: 978-3-96586-358-3
eBook-ISBN: 978-3-96586-359-0

»Juister Chor«, Band 11
Taschenbuch-ISBN: 978-3-96586-434-4
eBook-ISBN: 978-3-96586-435-1

»Juister Party«, Band 12
Taschenbuch-ISBN: 978-3-96586-471-9
eBook-ISBN: 978-3-96586-472-6

»Juister Wein«, Band 13
Taschenbuch-ISBN: 978-3-96586-522-8
eBook-ISBN: 978-3-96586-523-5

»Juister Hexe«, Band 14
Taschenbuch-ISBN: 978-3-96586-564-8
eBook-ISBN: 978-3-96586-565-5

»Juister Seestern«, Band 15
Taschenbuch-ISBN: 978-3-96586-607-2
eBook-ISBN: 978-3-96586-608-9

»Juister Maler«, Band 16
Taschenbuch-ISBN: 978-3-96586-631-7
eBook-ISBN: 978-3-96586-632-4

»Juister Onkel«, Band 17
Taschenbuch-ISBN: 978-3-96586-722-2
eBook-ISBN: 978-3-96586-723-9

»Juister Haken«, Band 18
Taschenbuch-ISBN: 978-3-96586-761-1
eBook-ISBN: 978-3-96586-762-8

»Juister Feuer«, Band 19
Taschenbuch-ISBN: 978-3-96586-779-6
eBook-ISBN: 978-3-96586-780-2

»Juister Brief«, Band 20
Taschenbuch-ISBN: 978-3-96586-805-2
eBook-ISBN: 978-3-96586-806-9

»Juister Zahltag«, Band 21
Taschenbuch-ISBN: 978-3-96586-921-9
eBook-ISBN: 978-3-96586-922-6

»Juister Hammer«, Band 22
Taschenbuch-ISBN: 978-3-96586-963-9
eBook-ISBN: 978-3-96586-964-6

»Juister Siegel«, Band 23
Taschenbuch-ISBN: 978-3-96586-976-9
eBook-ISBN: 978-3-96586-977-6